D1827463

La ventana pintada

Literatura

José Carlos Somoza

La ventana pintada

El libro de bolsillo
Literatura española
Alianza Editorial

Diseño de cubierta: Alianza Editorial
Ilustración: Ángel Uriarte

© José Carlos Somoza, 1999
© Alianza Editorial, S. A., Madrid, 2002
   Calle Juan Ignacio Luca de Tena, 15;
   28027 Madrid; teléfono 91 393 88 88
   www.alianzaeditorial.es
   ISBN: 84-206-7283-1
   Depósito legal: M. 2.925-2002
   Fotocomposición e impresión: EFCA, S. A.
   Parque Industrial «Las Monjas»
   28850 Torrejón de Ardoz (Madrid)
   Printed in Spain

Para Antonio Escudero y Julia de la Cruz

Tenía mi espalda vuelta hacia la luz y mi cara hacia las cosas iluminadas por ella. Por eso, mi rostro, que veía las cosas iluminadas, seguía en las sombras...

SAN AGUSTÍN, Confesiones

Imagina una especie de caverna de larga entrada, abierta a la luz, y unos hombres que están en ella desde niños, atados por las piernas y el cuello de modo que tengan que estar inmóviles y mirar siempre hacia adelante...

PLATÓN, República

¡Venga ya! ¿No es de cine de lo que estáis hablando...? ¡De cine, pues claro!

Un cinéfilo en un programa de televisión

Uno

Cerré los ojos al entrar y los abrí un segundo después, como de costumbre.

Ahora que lo pienso, nada presagiaba que fuera a ocurrir algo distinto de lo habitual. Se trataba de un sábado más en la tienda de la calle del Pez, y estábamos los de siempre: el viejo que se parecía a Borges ya había llegado y rastreaba en la fila de los actores del cine mudo, frente a mí; dos chicas comentaban cosas en voz baja y se reían con timidez inclinadas sobre un álbum en una esquina; la trampilla estaba abierta pero el gordo no subía ni bajaba por ella sino que meditaba tras el mostrador, ordenando grupos de fotos y mascando chicle. Todo discurría a la velocidad de lo cotidiano, de lo vital, y por más que me esfuerzo no logro recordar un solo detalle fuera de lugar. Había sobrepasado a buen ritmo a Judy Garland –la niña de largas trenzas de *El mago de Oz*– y continuaba con las piernas de Betty Grable convencido de que aquel sábado tampoco encontraría nada nuevo, ni defraudado ni contento, ni siquiera resignado, sumergido en mis ojos, valga la expresión, habitado por el tedio de las imágenes invariables, hipnotizado por el movimiento de mis dedos índices –infalibles y silenciosos– sobre las fotos, cuando lo percibí.

Fue un gesto del viejo –de sus manos o de su cuerpo– lo que me hizo levantar la vista. No recuerdo cuál. Quizá no fuera ni siquiera un gesto sino una sutil variación de su conducta que logré captar sólo gracias al nivel de vigilancia que mantenía. No puedo describirlo, por lo tanto: tendrían ustedes que haberlo visto. Tendrían que haber visto exactamente lo que yo vi para poder comprender por qué dejé de mirar fotos y me dediqué a observar al viejo. Éste había interrumpido su búsqueda de repente y se había dirigido al mostrador para hablar con el gordo. Sostuvieron una conversación en voz baja: el viejo hablaba y el gordo asentía, después el gordo hablaba y el viejo asentía. Me intrigué, seguí observándoles. No entendía la razón real de mi curiosidad, porque el viejo, que era rutinario como yo, había hablado con el gordo en otras ocasiones, pero el hecho de reconocerme intrigado sin motivo aparente consiguió intrigarme aún más. Permanecí atento. El gordo cogió un bolígrafo de plástico con el capuchón devorado a mordiscos y escribió algo en el papel marrón que utilizaba para envolver las fotos y, a veces, hacer garabatos inconscientes cuando hablaba por teléfono, rompió el trozo de hoja, lo dobló y se lo entregó al viejo.

–Aquí la conseguirá. Vaya usted aquí –dijo, las palabras deformadas por el chicle.

Pensarán ustedes que no era mucho para empezar, pero lo cierto es que yo empecé así. Y aún ahora me pregunto por qué tuve aquella rapidísima intuición y tracé aquel plan e incluso lo llevé a cabo, todo en el breve período de tiempo que transcurrió mientras el viejo se despedía del gordo y salía por la puerta con su aire señorial y decadente empuñando el bastón. No dudé ni un segundo: observé la pila de papel marrón sobre el mostrador, la primera hoja llena de garabatos con una esquina cortada –ángulo superior izquierdo para el gordo, inferior derecho para mí–, y de inmediato cambié de hilera y escogí un retrato de Michelle Pfeiffer, de la que siempre se encuentran imágenes distintas cada semana –lo vulgar abunda–, y me dirigí al mostrador sujetándola con ambas manos para no hacer patente el repentino temblor de mis dedos.

–Me la llevo –dije.

El gordo balbuceó algo que no recuerdo bien, porque no presté atención a lo que dijo sino a sus gestos. Creo que quería saber si me interesaban las fotos de la Pfeiffer, porque de la Pfeiffer tenía muchas y esperaba más. Yo le respondí algo para salir del paso, pero me concentré en la labor de sus manos. Sus manos eran grandes y peludas como dos extraños animales, y me sorprendió que se movieran con tanta rapidez: cogió la foto, apartó la hoja pintarrajeada, puso la foto sobre la hoja inferior, la envolvió con cuidado plegando muy bien los bordes del papel y sujetándolo con cinta adhesiva que arrancaba de un tirón –sonido de latigazos– de un rollo montado en un pesado armazón gris, golpeó la caja registradora –un cascabel– y mencionó un precio que tampoco recuerdo, porque yo tenía ya un billete de mil entre los dedos y su mano derecha me lo arrebató, lo enterró en uno de los cubículos de la caja y me devolvió un cuantioso cambio en monedas.

Salí de la tienda divertido con las posibilidades de éxito de mi plan. En aquel momento llegué a pensar, en broma, que mi vida podía tomar un giro imprevisto, un nuevo curso, quién sabe, incluso cambiar para siempre. Y resultó que era cierto.

Pero no imaginaba hasta qué punto.

Dos

Javi dice que no quiere más, deja el tenedor y el cuchillo en el plato sin sobresaltos, con la suave sinceridad que no es fruto del capricho, y mira a su madre: las manos las coloca cruzadas, como los cubiertos, las palmas hacia abajo, sobre el regazo; antes se ajusta el cinturón de la bata a cuadros verdes y rojos, y el héroe de ojos de avellana de la camiseta de Akira queda oculto. Andrea le tienta la frente con la mano derecha y hace una mueca: «Ha vuelto a subirle la fiebre. Voy a decirle a Felisa que lo acueste», dice. Se levanta, abandona la servilleta junto al plato y se dirige a la puerta batiente de la cocina, de donde proviene el trajín de Felisa. Un resplandor puro invade el comedor cuando Andrea empuja la puerta: el sol de finales de febrero, o, mejor dicho, de principios de marzo –porque ya estamos en marzo–, que entra por las ventanas de la cocina, nos retrata con un flas intenso pero tan fugaz que apenas nos ciega, y regresamos pronto a la relativa tiniebla. Laurita, al igual que yo, deja de comer, respetuosa con la interrupción. Se oye entonces un ruido peculiar entre tanta diversidad de pobres silencios: un retemblar de tripas como el rugido infantil de un monstruo de dibujos animados. Javi El Vengador me mira y sonríe. Laurita Laurel del Desierto aprieta los dientes con cara de mala y nos observa a ambos sin decidirse a reír pero con la risa ya fuera, ya preparada, deformando sus labios. Javi enrojece, aunque su rostro persiste sereno, y por un instante su sonrisa me parece la que tendrá de adulto: será la que ofrecerá a la mujer que ame en el instante de conocerla, la sonrisa que algún amigo –el que más lo aprecie– definirá como *enigmática*. Así sonríe, pero sin saberlo, y continúa colorado y silencioso. Percibo casi con un estremecimiento el fantasma de los genes en su rostro: soy yo mismo desde la nariz al pelo, la misma mirada de párpados entornados, superficial sólo en apariencia, las orejas amplias. «¿Son tus tripas, Javi?», lo interrogo con falsa seriedad, el ceño fruncido. Laurita se desternilla y oculta la cara entre las manos. Se me ocurre pensar que es la misma risa de Andrea. Los gestos de nuestros hijos nos imitan, aunque no son exactamente imitaciones sino reflejos: como pequeños espejos. «Sí», responde Javi, a quien no parece importarle la burla; vuelve a sonreír y mira indulgente hacia su hermana. Andrea regresa –nuevo resplandor–. «¿Tienes suelto el vientre?» Javi dice que no, que todo lo contrario, y explica que lleva sin hacer desde su cumpleaños, justo hace dos días, el jueves. «¿Cuándo te he dicho que se debe ir al baño?», lo somete a examen Andrea, que es maestra. «Una vez al día», responde Javi en tono de respuesta –en tono débil, con una voz tibia y audible, como sonrojada–. «Pues ve primero al baño y después te acuestas.» Ha llegado Felisa para hacerse cargo del niño, y su sombra oculta fugazmente el destello invasor de la cocina: se ha secado las manos, pero aún parecen húmedas –aún rojas, brillantes–; el cristal izquierdo de sus gafas se halla velado ligeramente por un vaho, como una catarata. Mira a Javi y sonríe: «Ea, a la cama», le dice. Javi se marcha por el pasillo con Felisa, y Laurita sigue espiándonos con picardía, aprovechando nuestra sonrisa para mostrar la suya, equivocándose con nuestras expresiones, pensando, quizá: «Ya que se ha ido, vamos a reírnos de sus tripas». Pero recibe la decepción de una orden de Andrea: «Venga, Laura, termina de comer». Laurita Laurel del Desierto no protesta: atrapa con las dos manos la enorme jarra azul con la efigie del genio de Aladdin y bebe un poco de su refresco antes de coger los cubiertos. Encima del aparador, tras ella, se encuentra la foto enmarcada de los padres de Andrea, ya fallecidos: ambos me contemplan mientras sigo comiendo.

Tres

Importaba saber si mi plan había tenido éxito.

Yo soy, sobre todo, un hombre que mira, o que contempla, que es más puro que mirar, así que toda actividad, más aún la manual, me vuelve torpe y falible pero a la vez me excita sin remedio. El simple hecho de pensar en «tener algo que hacer» –añadir una foto más a mi colección, rastrear una revista de cine, etcétera– me aparta momentáneamente de la adoración y me inquieta y enardece a un tiempo: como si abandonara por una temporada la vida monacal y planeara alguna brevísima cruzada. La actividad es una costumbre particularmente deliciosa de la obsesión: cazar la mariposa y contemplarla amortajada en sus propios colores bajo el alfiler son goces diferentes y complementarios.

En primer lugar, saqué del bolsillo de mi bata el retrato de la Pfeiffer, aún envuelto en el papel marrón, lo coloqué sobre la mesa y desprendí con cuidado las tiras adhesivas, pues lo que menos deseaba era estropear el envoltorio. Tras esta ardua operación, descubrí la foto, la extraje de su cubierta de papel, y la rompí sin titubeos, por la mitad

–los ojos, la frente y los rizos rubios por un lado, la boca y el cuello por otro–, en cuatro, ocho, dieciséis partes, la hice trizas, confetis, y la arrojé a la papelera con tranquilidad. Me concentré entonces, con ojos de relojero, en el pliego de papel.

Si mi teoría era correcta, la información que el gordo le había escrito al viejo con su poderosa caligrafía habría quedado calcada en las hojas de papel inmediatamente inferiores, y la mía era justo la que había debajo, me había asegurado de eso. Sabía, sin embargo, que era bastante improbable que la encontrase, porque podía ocurrir que el gordo no hubiera presionado mucho con la punta del bolígrafo, como solía hacer; o que la hoja fuera demasiado gruesa para que se distinguieran las letras calcadas; o que las letras se mezclaran con anotaciones previas. Era posible, incluso, que existieran varias frases dudosas y tuviera que elegir entre ellas. Pero me entregué a la búsqueda con verdadero entusiasmo.

Ahora me sorprende el ánimo optimista que me embargaba en aquel momento, mientras deslizaba mi dedo índice derecho por el papel para dirigir el movimiento de mis ojos. Quiero decir, ¿por qué estaba tan seguro de que iba a descubrir algo en aquella nada? Más aún: ¿por qué me parecía que era tan importante descubrir algo? A fin de cuentas, yo no había escuchado la conversación entre el viejo y el gordo. El viejo, que amaba a Greta Garbo –eso era sabido–, podía haberle preguntado al gordo cualquier cosa, desde la dirección de una sucursal de Caja Madrid hasta dónde conseguir mujeres baratas y seguras, no importaba que el primero fuera un cliente habitual y el segundo el dependiente de la tienda: los temas de conversación posibles entre ambos, ahora que lo pienso, eran casi infinitos, y aun suponiendo que la información suministrada tuviera relación con el coleccionismo cinematográfico, podía muy bien ser de interés específico para el viejo pero no para mí –yo también tenía un ídolo, claro, aunque no tan antiguo–, porque, en caso contrario, ¿por qué el gordo no me la había ofrecido nunca, teniendo en cuenta que yo era tan buen cliente como el viejo? En realidad, ¿con qué contaba? Con una conversación en voz baja, unas palabras –«Aquí la conseguirá. Vaya usted aquí»– y un trozo de papel. Como he dicho, no era mucho para empezar, pero pensé que quizá fuera posible hallar más cosas a partir de ahí.

El papel era una pantalla en blanco, la luz del flexo le daba de lleno, y yo trataba de invocar un fantasma en aquel espacio vacío.

Encontré cosas, en efecto.

Me pareció prodigioso descubrirlas, como si la pura observación pudiera revelarme de repente los secretos más sutiles del universo. Porque comprobé que no contemplaba un simple papel marrón sino algo mucho más complejo, una base dúctil sobre la que se desplegaban formas y contornos: en primer lugar, las líneas de los dobleces, que construían un simétrico telar de sombras; pero también rastros de garabatos previos, círculos, triángulos, espirales; incluso dibujos que reconocí como ojos.

Eran pequeños y rasgados, de pestañas curvas, espectros de ojos calcados, borrosos, superpuestos, una docena de pupilas donde el bolígrafo se había ensañado más que de costumbre; carecían de cejas, sólo los bordes de la conjuntiva y los límites de los párpados, las pestañas como acentos enormes. Me pareció absurdo que el gordo dibujara tantos ojos para distraerse. Al parecer, eran su garabato preferido. Pero lo que más me llamaba la atención era haberlos descubierto de aquel modo, trabajando con la mirada, por así decirlo, como si se tratara de huellas dactilares, presencias casi irreales en la frontera de lo invisible.

Continué barriendo la superficie marrón con el dedo índice, bajo la luz del flexo, deteniéndome más en las esquinas, donde la memoria y la lógica me decían que el gordo habría dejado su mensaje, ya que después había desprendido el trozo con un solo gesto: podía estar en cualquiera de las cuatro esquinas. Me angustiaba la posibilidad de hallar alguna inscripción pero ser incapaz de leerla, llegar hasta el borde del enigma y no poder descifrar la clave última. Pensé que en toda película de misterio hay una escena de esta clase, y la cámara empezaría a filmar lo que veían mis ojos: un primer plano de mi dedo índice derecho, largo y recto como el listón de una claqueta de cine, deslizándose sobre la superficie del papel –banda sonora de notas graves y prolongadas–. Entonces, un cambio a otro primer plano, esta vez de mi rostro. Un zoom hacia mis ojos, hasta que llenaran por completo la pantalla; en mis pupilas podrían distinguirse las imágenes de dos papeles convexos, simétricos, y un dedo lejano que los explora. Por último, el plano final: mi lenta sonrisa bajo el bigote, la alegría contenida del hallazgo.

Allí estaba, en una de las esquinas, margen inferior derecho, profundamente calcada. Se hallaba al revés, así que le di la vuelta al papel; mis dedos, largos como compases, alisaron la zona; mis ojos enfocaron. Eran perfectamente legibles una palabra –Ballesta– y un número de dos dígitos detrás.

El número de una casa en la calle Ballesta.

Cuatro

Porque la compañía ha crecido, lo que era de esperar, desbordando nuestro anticuado sistema informático, ya se sabe que competir es renovarse constantemente. Si esto último es cierto en todo lo que se refiere a la gestión de los seguros de vida de nuestros clientes, tanto más en el caso de la contabilidad, y no cesan de llegarme peticiones de informes, consultas, balances que necesitan rectificación, y mi deber es darle a todo una solución inmediata. Por fortuna, los problemas no logran alterarme: poseo infinita paciencia y una gran capacidad de concentración, virtudes ambas que me permiten mantener el control durante los momentos difíciles –*difícil* quiere decir *cambio,* porque la costumbre es fácil–. «Tú lo puedes lograr», es la frase preferida de nuestro jefe. «Confiamos en ti», es lo que me dice siempre, su despedida formal, como escribir «sinceramente suyo», o «atentamente». Es su manera de palmearme el hombro con palabras: «Adelante, Javier. Tú lo puedes lograr», dice. El trabajo se acumula esta semana: bloques completos de informes, hojas sueltas, impresos con listas verticales y estrechas como guías telefónicas, tablas y diagramas en variados tonos de gris, llamadas por el interfono, voces apresuradas, comidas que no lo son porque nunca se mastica nada: se habla y se traga, se escuchan proyectos y se bebe un poco. Todos andamos algo de cabeza con estos cambios pero no hay por qué perder la serenidad, las novedades se vuelven cotidianas cuando pasa el tiempo. Debemos esperar, pues, y contemplar la pantalla del ordenador, pero tan sólo eso, porque nuestro trabajo es un trabajo de personas que miran.

No es época de hacer cosas: ahora nos sentamos y miramos. Poco a poco, a fuerza de mirar lo mismo –con sutiles diferencias–, el quehacer se vuelve tan idéntico que ya no lo parece, quiero decir que no parece algo que precise *hacerse*. Porque el tacto no percibe las diferencias ínfimas entre el papel de un informe y el de otro, ni el olfato, ni el paladar, ni siquiera nuestros oídos nos ayudan ya a distinguir entre las palabras del presidente, las del vicepresidente, las del director, las del subdirector, las del director adjunto, las del director encargado y las del director gerente. Lo único que cambia –y apenas– es aquello que miramos, la imagen de las cosas. El calendario de la mesa de mi oficina, una baraja de hojas pequeñas atada por argollas de metacrilato, es un buen ejemplo: todos los días, cuando me siento a la mesa, arranco la hoja del día anterior. El gesto es el mismo, la textura de cada hoja es idéntica –trescientas sesenta y cinco hojas iguales–, sólo la vista las distingue, sólo el ojo es capaz de decirme que los días pasan: martes quince, miércoles dieciséis, jueves diecisiete, cada día es igual si no miro, si no descifro el nombre y el número. Y en cada hoja, bajo el número y el nombre del día, una frase legendaria; la de hoy: «El zen es un ojo que ve pero no puede verse», proverbio tibetano. Pero ¿qué ojo es capaz de ver aun siendo invisible?, me pregunto. El ojo de Dios, sin duda.

En mi calendario figuran también frases manuscritas que me sirven de recordatorio. Por ejemplo: «Andrea niño doctor Barrera viernes. Recordarlo». O, por ejemplo: «Cena Roberto y Ana sábado». O bien: «Calle Ballesta, 13. ¿Nueva tienda? Ir sábado mañana».

Cinco

Era una de las escasas viviendas que existen en Ballesta, una calle del centro de Madrid repleta de bares de *topless* y *sex-shops*. En el portal no había otra placa que la de «Asegurada de incendios» y un año debajo, indescifrable. La ausencia de anuncios en la entrada no me sorprendió: probablemente se trataba de una tienda clandestina o de un coleccionista particular. Entré, cerré los ojos, los abrí –acostumbro a hacer esto desde niño al penetrar en lugares oscuros– y divisé a mi izquierda una hilera de buzones cuyos rótulos no me dijeron nada, y frente a mí las dobles rejas de un ascensor. La dirección escrita por el gordo no incluía número de piso ni puerta, así que no sabía a dónde dirigirme. Pero no estuve ni dos segundos titubeando: reaccioné ante el primer impulso como si hubiera memorizado un guión. Entré en el ascensor, pulsé el botón del primer piso y me dejé arrastrar por un estrépito casi indecoroso que me trasladó una planta más arriba. Había dos puertas, una frente a otra, con mirillas grandes como diamantes fabulosos. Escogí la de mi izquierda, llamé al timbre y aguardé. Un ojo enorme, ciclópeo, se materializó en la burbuja de la mirilla y parpadeó. La voz –masculina, enérgica– surgió como proveniente de aquella pupila.

–¿Qué desea?

Era una pregunta difícil de constestar, casi trascendental –¿qué deseo? Durante un par de segundos fue como si me interrogara a mí mismo–, pero supe darle respuesta con docilidad:

–Busco a alguien que se dedique a vender fotografías de artistas de cine.

Murmullos indecisos y, por fin, una información: tercer piso, pregunte en el tercer piso. Le di las gracias y decidí eludir el ascensor y continuar por la escalera. La luz entraba en cada rellano por ventanas pequeñas de cristales con el aspecto del agua removida. En el segundo piso, un perro, inesperado como una broma grosera, ladró invisible desde una de las puertas. En el tercero elegí al azar el timbre de mi izquierda, que sonó viejo como un teléfono de los de antes, de los que eran negros y brillantes como escarabajos. La puerta se abrió con cautela y espié la cara que me observaba a través de la rendija: los ojos hundidos, las mejillas arrugadas, la barbilla ostensible como una pieza independiente que pudiera desmontarse. Dije buenos días y me respondió lo mismo.

–Busco fotos de artistas de cine.

–Pase.

Era un viejo encorvado bajo una chaqueta oscura y una camisa cerrada hasta la asfixia, calzado con zapatillas de lana.

Cerré los ojos un instante y los abrí para contemplar un minúsculo recibidor, un pasillo más allá, hacia la oscuridad, y una habitación a la derecha –un modesto saloncito– donde me invitó a entrar. Había estanterías, gruesas cortinas cerradas que impedían el paso de la luz

del día y una mesa estufa con dos o tres butacas alrededor, todo entre abundante penumbra, el ambiente perfecto para hablar de fotos perdidas. Me ofreció una de las
butacas y me senté con difícil comodidad, porque era pequeña, como las de los cines antiguos, de respaldo duro y
recto. Entonces se puso a buscar en una de las estanterías.
La relativa tiniebla no me dejaba saber lo que había en
ellas: podían ser cajas, o ficheros, o grupos de papeles
sueltos.

–¿Quién le ha hablado de mí? –preguntó.

–El vendedor de la calle del Pez –dije. Y pensé que, en
parte, era verdad.

Había comenzado a sacar cajas rectangulares de la estantería y a depositarlas sobre la mesa camilla. Eran un
poco más delgadas que las cajas de zapatos y mucho más
largas. Se hallaban repletas de cartulinas –supuse que fotos– con los bordes vencidos, quizá, por el manoseo frecuente. La primera que colocó sobre la mesa tenía adherida a su cara anterior una especie de anuncio recortado de
cualquier periódico. Pude leer «Filmoteca Soledad» en
letras negras sombreadas sobre un rectángulo de un sucio color violeta. Debajo, otra inscripción menos notoria:
«calle Soledad».

–No tiene por qué sacar todo eso –le advertí–. Busco
fotos de una sola actriz.

Se inmovilizó tras dejar caer la tercera caja sobre la
mesa, entre un fragor de polvo, y me observó como la soledad enseña a hacerlo: con expresión de impúdica suspi-
cacia.

–¿De quién?

–Jodie Foster.

Su gesto de sorpresa me provocó una inexplicable
compasión.

–¿Quién? –chilló. Su expresión era una mezcla bien conseguida de asombro y asco.

Le repetí el nombre. Negó con la cabeza, el ceño fruncido, mostrando esa impaciencia inevitable de la mayoría de los viejos:

–Uh, ésa es de ahora, ¿verdad? No, no: yo sólo trabajo con fotos de la época dorada de Hollywood. Nada de artistas de ahora.

–Comprendo –dije–. ¿Y no sabe de otros proveedores que puedan tener lo que busco? No me refiero a las tiendas habituales... Conozco la de la calle del Pez, la de Madera, las dos de Luna y la que hay en Silva... Soy un buen coleccionista –añadí con orgullo–. Un cazador de novedades. Recorro todos los sábados esos locales y no encuentro nada nuevo de Jodie Foster... Bueno, salvo fotogramas de sus películas. Al fin y al cabo, ella sigue haciendo películas... También fotos de revistas, de periódicos... Lo colecciono todo. Tengo trescientas cincuenta y seis en total, contando con los fotogramas de películas... –no se me ocurría qué otra cosa decir, de modo que me encogí de hombros y concluí–. Quería novedades...

Mencionó un par de tiendas en Madrid, pero resultó que yo las frecuentaba también, aunque con menos asiduidad que las del centro. Citó los nombres de otros locales de Barcelona con los que yo mantenía correspondencia. Me habló de Internet, pero el ordenador no me interesaba hasta ese punto.

–Pues ya le digo que no me dedico a los actores de hoy –concluyó.

Me sentía ligeramente frustrado –tanto esfuerzo, tanta astucia para obtener aquella información secreta, y ahora comprobaba que era un callejón sin salida–, de modo que no me moví de la butaca, porque cuando me frustro me gusta quedarme sentado y mirar a ver qué sucede. Por lo general, siempre termina sucediendo algo interesante, inesperado, como si la intensidad con que observo fuera requisito indispensable para la aparición de sorpresas.

–¿Y no se aburre de ver la misma cara siempre? –preguntó el viejo de repente, como si quisiera tentarme para que le echara un vistazo a su colección de la «época dorada de Hollywood».

La pregunta no me incomodó. Por el contrario, me apetecía hablar de mi obsesión, descargar el pesado silencio que llevo dentro y no comparto con nadie.

–No es la misma cara nunca –repliqué–: eso es lo que me desconcierta. En unas fotos tiene el pelo castaño; en otras, rubio platino; en unas aparece mortalmente seria; en otras sonríe de felicidad. A veces usa gafas y a veces no. En ocasiones no parece ella misma, debido al maquillaje, o al vestuario, o a la astucia del fotógrafo... Y las fotos de cuando era muy joven también son distintas. Es increíble la cantidad de Jodie Fosters que existen. Y, sin embargo, de alguna forma, siempre es ella: sus ojos claros, su sonrisa infantil... Es algo casi misterioso, ¿no cree? Pensar que yo, por ejemplo, llevo más de veinte años con el mismo corte de pelo y con este bigote... Y ella... No parece nunca la misma mujer. Es increíble.

El viejo me evaluó un instante con la mirada y volvió a concentrarse en las cajas.

–Los artistas de cine cambian bastante –sentenció.

–Sí, es cierto.

Empezó a dar leves golpecitos con la mano sobre uno de los ficheros. Parecía estar decidiendo si debía o no continuar con la conversación. Yo me hallaba dispuesto a marcharme en cuanto él me despidiera, pero no antes.

–Supongo que ha visto todas sus películas –dijo.

–Muchas veces. El cine me apasiona.

–¿Qué personaje suyo le agrada más?

La pregunta me llamó la atención, no porque me pareciera indiscreta o extraña sino porque advertí en su tono de voz una intención oculta. Sin embargo, el placer de responderla me hizo olvidar enseguida los recelos.

–Clarice Starling, de *El silencio de los corderos*. Precisamente fue un fotograma de esa película, con el que me tropecé por azar al hojear una revista, lo que me impulsó a coleccionar fotos suyas. Lo conservo en lugar de honor. Es un primer plano de su rostro: lleva el pelo negro y el traje chaqueta oscuro de la última escena. Y sonríe. Al sonreír, se le formaban dos líneas suaves aquí... –señalé lugares simétricos de mi rostro–, en las mejillas. De esto hace ahora cuatro años. ¿Le parece extraño?

–No, hombre –dijo el viejo sin mirarme–. Es frecuente.

Hubo una pausa. Yo había empezado a notar un repentino escozor en las puntas de los dedos, una vibración como de vara de zahorí, como si de repente me hubiera vuelto alérgico a mis propias huellas dactilares. Además, un barniz de sudor me empapaba toda la frente como una mano húmeda apoyada sobre ella –mi madre solía calcularme así la fiebre–: reconocí los síntomas de mi enfermedad de coleccionista, la proximidad de un hallazgo inesperado, y me puse en guardia observando al viejo sin pausas. Él también permanecía inmóvil, erguido del todo frente a mí, como si hubiera exagerado su condición de viejo hasta aquel momento revelador. Sus ojos no parpadeaban –estaría muerto si hubiera mirado así desde una cama– y me contemplaban con fijeza, aunque era posible que los parpadeos fueran tan rápidos que resultaran insignificantes en el conjunto de su mirada –sucede también en las películas, que parpadean sin que lo notemos porque todo transcurre a demasiada ve-

locidad–. Pensé que era como si intentáramos comunicar-
nos con los ojos, o como si estuviéramos echando un pulso
de miradas. Por fin, el viejo dijo:

–Habla usted de la sonrisa... Es frecuente, hombre, no
se apure: uno de mis clientes está entusiasmado con la de
Ava Gardner. ¡En estos casos sí que es difícil encontrar fotos nuevas! Pero, fíjese usted, a otros lo que les gusta es el
llanto... Conocí a un señor, hace ya mucho tiempo, en
América..., porque yo he vivido algunos años en América
–añadió en un tono más bajo, como para no perder la
modestia–, conocí a un señor que sólo coleccionaba fotos
de Ingrid Bergman llorando: en *Juana de Arco,* en *Luz de
gas,* en *Casablanca,* en *Doctor Jeckyll y míster Hyde*... Un
buen día vino a mi casa y me dijo: «No llora de verdad.
Está fingiendo». «Claro, hombre –le dije yo–, es una actriz.» ¿Y sabe lo que me respondió? «Sí, pero hasta hoy
mismo lograba engañarme» –soltó una risita que yo imité por cortesía. Entonces desvió la mirada y añadió–:
Cuando se es joven, no es buena tanta pasión por algo
que no existe...

–¿Por algo que no existe?

–Usted mismo lo ha dicho. Ella es distinta en cada foto.
Las buenas fotos embellecen, el maquillaje oculta los defectos, en fin... Y con el cine pasa igual: las luces se pla-
nean, los actores estudian las expresiones, se revisa cada
toma hasta que sólo queda lo mejor, la imagen ideal... Ingrid Bergman, por ejemplo, jamás fue así, hombre; en la
vida real nunca lloró con tanto atractivo, caramba; su
beso nunca fue tan... tan perfecto... –volvió a reír suavemente–. Mi amigo se desengañó porque estaba obsesionado con algo que no existía...

–No estoy muy seguro de que tenga usted razón –titu-
beé–. Todo lo que puede contemplarse existe.

–No, no, qué va: lo que puede contemplarse, es que puede contemplarse, nada más. ¡No me diga que usted se cree todo lo que ve en el cine!

–No he dicho que me lo crea –repuse–. He dicho que existe, y punto. Creer o no, es una cuestión de opiniones...

El viejo respondió algo, pero no lo escuché. Había acudido a mi memoria de repente una imagen olvidada –o postergada hasta aquel instante– de mi niñez. La escena es ésta: me encuentro de pie en la penumbra del interior de la iglesia de mi colegio, un colegio religioso de Madrid, cerca del angosto armazón de madera envuelto en sombras, del color de los ataúdes, donde se había arrodillado otro compañero de clase –podía verlo–, aguardando para confesarme. Mis emociones son contradictorias, porque aquella negrura quieta, el murmullo de los rezos como secretos terribles susurrados al oído y las sombras fugaces de niños y curas deslizándose a mi alrededor me provocan un modesto pánico, pero la certeza –exquisita, íntima– de que voy a recibir el perdón por mis pecados me alivia en abundancia. Me preguntaba entonces algo curioso: por qué es necesaria tanta oscuridad para llegar a ser dichoso sin remordimientos. Después aprendí que toda felicidad auténtica requiere tinieblas previas: así sucede con el cine; quizá también con el sexo, y –si la fe tiene razón– con la muerte; pero esto sólo lo supe después, cuando reflexionar ya no me ocasionaba culpas.

Reconocí aquella contradicción dentro de mí en aquel momento: la proximidad de un alivio luminoso tras la negrura de una noche prolongada. El viejo debió de notar algo, porque me preguntó qué me ocurría. Decidí contarle toda la verdad: el afán con que buscaba, cada sábado por la mañana, nuevas fotos; la desesperación de no

encontrar novedades; la argucia de que me había servido
para obtener disimuladamente su dirección, después de
escuchar al gordo decirle al viejo: «Allí la conseguirá...».
¿Acaso yo no era digno de encontrar también lo que buscaba?

El viejo estudió mis ojos otro instante más. Entonces
negó con la cabeza, como si hubiera visto algo en ellos
que, pese a no gustarle, fuera irremediable, y dijo:

–Por Jesucristo y la Virgen bendita...

Fue extraño, porque su doble invocación me llegó en
coincidencia con la imagen de un pequeño cuadro que col-
gaba de la única pared sin estanterías de todo el saloncito,
cercana a la puerta, y que yo no había visto hasta entonces:
un Cristo ensangrentado que vestía túnica bordada con
arabescos y estaba coronado con enormes espinas. Su rostro me recordó el de Douglas Fairbanks. A su lado se hallaba el retrato de una mujer que no era la Virgen María sino
–me pareció– Merle Oberon.

El viejo lanzó un profundo suspiro y sacudió otra vez
la calva cabeza como si hubiera tomado una decisión que
le pesara:

–Bien, pues... de acuerdo. Se ve que usted no sabe nada...
lo cual es un riesgo para usted y para mí, pero...

No lo entendí. Empezó a guardar los ficheros que había
sobre la mesa. Se movía con agilidad nerviosa, como si se
hallara en lucha perenne con la torpeza propia de su edad.
Cogió el último de forma inusual, sujetándolo con ambas
manos, los índices apoyados en la parte anterior, donde se
hallaba aquel anuncio: «Filmoteca Soledad. Calle Soledad». Al dejarlo en su lugar correspondiente lo golpeó una
sola vez de manera innecesaria con el dedo índice derecho, justo sobre el letrero, como si quisiera asegurarse de
que la caja estaba bien colocada entre las demás, al tiempo

que decía con otro tono de voz, más firme pero también
más nervioso:

–Pues vaya al cine. Qué se le va a hacer. Vaya al cine. Ya
le he dicho que no puedo ayudarle. Así que... ¡vaya al
cine!

Percibí una especie de guiño en su mirada, aunque estaba seguro de que no me había guiñado. Quiero decir que
creí entender que el viejo me estaba indicando de alguna
forma que las imágenes en aquel momento eran tanto o
más importantes que sus palabras. Que no me fiara de lo
que decía sino de lo que veía. No me pregunten cómo lo
supe: el hecho es que eso fue lo que percibí. Contemplé de
nuevo el letrero recortado del periódico y pegado a la caja
del fichero. El viejo ya se había dirigido a la puerta de la calle y la estaba abriendo. Me levanté y caminé hacia el um-
bral algo desconcertado, pero respetuoso con su código de
silencio. Cuando me marchaba, se asomó apenas por la
puerta entreabierta y murmuró:

–Cuídese. Tenga mucho cuidado.

Seis

«Le ha examinado la garganta el doctor Barrera –dice– y parece que son las amígdalas. Necesita reposo y unas cuantas inyecciones.» Después añade, en voz baja, como para sí misma: «Y lo malo de las amígdalas es que las bacterias pueden ir al corazón». Lo dice con cierto cansancio resignado, como si fuera algo ineludible, propio de nuestra mala suerte, que así ocurriera, como si el hecho de saberlo incrementara las posibilidades de que las bacterias remontaran el curso de la sangre de Javi y llegaran hasta sus latidos. Sin embargo, el propio doctor Barrera asegura que no hay de qué preocuparse, siempre y cuando el niño comience cuanto antes con el tratamiento prescrito. Y Javi, por otra parte, se encuentra bien, incluso contento. Se ha tomado estas vacaciones forzosas con sabia tranquilidad –cosa muy propia de mí–, y se dedica a dejarse hipnotizar por sus vídeos de Akira, del que posee la colección completa, no le gusta otra cosa, y aunque es el niño más pacífico del mundo cada tarde estalla en su habitación el escándalo de una batalla campal, gritos de héroes, desafíos de villanos, fanfarrias de victoria. El bien siempre

triunfa en el cuarto de Javi, y a él no le importa contemplar
una y otra vez sus capítulos favoritos aunque ya se sabe de
memoria todas las escenas.

«Laura está triste porque no la dejo jugar con Javi, pero
es que tengo miedo de que se contagie, ¿no crees?» Yo
asiento con la cabeza. Me calzo las zapatillas y, al incor-
porarme, Andrea alisa la colcha con un gesto rápido, porque el orden es agradable a la vista y hay que cuidar el aspecto de las cosas. La tristeza de Laurita, las amígdalas de
Javi, las arrugas de la colcha: los problemas se identifican
por la apariencia que presentan –el ceñito fruncido y la
lágrima, el pus y la sangre, las ondulaciones de la tela–.
Incluso Andrea se preocupa por su imagen, qué sorpresa:
porque mientras me habla la descubro observándose con
detenimiento en el espejo de cuerpo entero del dormitorio, pese a que nunca ha sido muy presumida. Bien es verdad que esta noche salimos a cenar con Roberto y Ana.

Roberto, tan contradictorio siempre, desliza una broma
cuando el tema es serio, o escucha impasible una trivia-
lidad y la congela con una observación realista. Su táctica, sin embargo, agrada a las mujeres, que lo premian
con la carcajada, incluso con el hipo, el temblor de los
escotes, el peligro de la copa que puede derramarse, el
rubor más allá del maquillaje, la cara oculta tras los dedos. Cuando Roberto anuncia su intervención, Ana y
Andrea se paralizan como perros de caza en plena
muestra y se concentran en sus palabras aguardando alguna agudeza. Su rostro también es contradictorio –lo
contemplo ahora: los bordes se le repintan de dorado
con las velas–, porque, aunque apenas sonríe, se vislum-
bra algo así como un rastro de sonrisa en los surcos que

flanquean las comisuras de sus labios, de modo que es posible atisbarlo alegre incluso cuando está serio.

«Debemos tener una imagen», explica, a propósito de su ascenso en la compañía a Jefe de Creatividad –le gusta mucho el nombre de su cargo, recién creado para él–. «Nuestra empresa vende seguros, pero en eso no se diferencia de otras muchas. ¿Qué es lo que debe hacer para resaltar? Javier lo sabe muy bien: tener una imagen. Si no tienes una imagen, te desvaneces. Es pura competencia de imágenes...»

Ana, la actual compañera de Roberto, destella con los fulgurantes objetos que lleva encima y los que la rodean. Lo usa todo como si fuera decorativo: ha pedido pescado, siempre más propicio para la dejadez de movimientos que la carne –que cuesta energía, exige esfuerzo– y sostiene los cubiertos con desgana, sin intenciones concretas, como si se acariciara los pendientes. Es simpática, hermosa y pequeña, de intenso pelo negro y lacio que se desploma sobre ella como una peluca sobre una calva. Su voz tiene esa cualidad mocosa de los niños que no resulta ni femenina ni propiamente infantil. Lleva un vestido breve, pero cuando se halla de pie parece adecuado, aunque le desnuda los muslos al sentarse y cruzar las piernas, lo cual, no obstante, no la torna más atractiva, porque posee unos muslos demasiado gruesos sostenidos por unas pantorrillas equívocas como una ilusión óptica, delgadísimas. Su personaje es de esos tan frágiles que provocan de inmediato la tentación de lo bestial: la doncella de ánimo cristalino que siempre termina perseguida por un monstruo cubierto de pelo, o la que tarde o temprano descubre que el rostro del hombre que la adora es de cera pintada y puede arrancarse a trozos con sólo hundir los deditos en sus mejillas, como ocurre con el de Vincent

Price en el museo de cera. Descubro con sorpresa que su
sonrisita breve, su cara de muñeca hinchable y sus frases
lacónicas y delicadas me impulsan a desear tener un rostro así, y que ella me lo revele horrorizada frente a Roberto. Es una tentación extraña, leve pero incesante, que
mantengo a raya con la distracción de las conversaciones
y del solomillo en salsa con puré de patatas. Por lo demás,
la charla de Ana se limita a repetir que conoció a Roberto
durante unas breves vacaciones en Venecia, y siempre tiene alguna anécdota que extraer de esa aventura. Roberto
la mima, pero a ella no parece importarle el desprecio im-
plícito que conlleva cualquier mimo.

«Eso es lo que significa ser Jefe de Creatividad: me en-
tregan una especie de materia informe que se llama Compañía de Seguros y debo moldearla para el público, pin-
tarla y ofrecerla en gran pantalla, ¿comprendéis?» Ana y
Andrea responden con sus cabezas, como si las tuvieran
atadas mediante hilos invisibles a sus dedos, y él, al gesti-
cular, las moviera como títeres.

Pienso que Andrea y Roberto formarían buena pareja,
porque a ambos les encanta explicar cosas y aprenderlas.
De hecho, fue mi mujer la que insistió para que saliéra-
mos juntos, «porque ahora que lo han ascendido es importante que te lleves bien con él», dijo, aunque no ignoro
–es fácil darse cuenta al verlos– que se agradan mutua-
mente, aunque se conocieron hace apenas un año, durante la última gran fiesta que dio la empresa. En un momento dado, tras la primera botella de vino, Roberto se dirige
a ella llamándola *preciosa*. Es un adjetivo desafortunado:
no encuentro nada más alejado de lo *precioso* que el ta-
lante adusto de Andrea. Sin embargo, a ella le brillan los
ojos como si las velas fueran linternas y la enfocaran; los
de Ana, por el contrario, se eclipsan. Tal fenómeno ha su-

cedido en otros instantes de la noche, pero a la inversa: como si los piropos de Roberto fueran soles y orbitaran entre ellas, ofreciendo luz a una sola cada vez.

«En resumen –dice Andrea–, algo muy distinto a lo que hace Javier.» «Hombre, claro, pero igual de importante. Porque el trabajo de tu marido son los números, el esqueleto de la bestia, por decirlo así. Tu marido es la realidad y yo soy la máscara.» «Cada uno es cada uno», apunta Ana.

Hablamos de cine, de estrenos recientes, y Roberto y Ana quieren saber mi opinión «de experto» sobre determinadas películas. «¿Son aconsejables, Javier? ¿Cuál nos recomiendas?» Les hablo de una que estoy deseando ver: *La mirada de jade,* la primera obra de un joven director japonés. Roberto nos anima a ir esa misma noche. Andrea se intranquiliza un poco por los niños, y me hace llamar a casa. Pero los niños están bien, dice Felisa, aunque Javi sigue con fiebre. Nos vamos al cine, que no se halla demasiado lejos del restaurante.

La mirada de jade cuenta la historia de un hombre que lleva una vida doble: es samurai y, al mismo tiempo, es escritor. Sin embargo, como samurai no sabe que es escritor y como escritor ignora que es samurai. Pero, de alguna forma, logra pelear con lo que escribe y se muestra tierno y sabio en las batallas. Existe, además, un puente misterioso entre sus dos vidas: una mujer. Para el samurai, la mujer es una simple prostituta con la que goza después de los combates. Para el escritor, es una mujer soñada, perfecta, hecha de jade, para la que compone un ciclo interminable de poemas cuyo título es el de la película. Una noche, un viejo derviche revela al samurai su otra vida de poeta, pero añade: «Te lo he dicho para que seas feliz, pero que jamás lo sepa el escritor». A partir de entonces, en efecto, el samurai vive feliz sabiendo que, en otro momento del día, en otro espacio inaccesible de su tiempo, se dedica a componer versos. Pero la prostituta, que ha oído al derviche, ilusionada con reunir en una sola persona al hombre que ama, se dirige a casa del escritor y le descubre, orgullosa, su condición de samurai, afirmando que ha luchado y ganado mil batallas, y que ella es su único amor. El escritor reconoce en la prostituta a la mujer de sus sueños y se suicida. La película está bien dirigida. La fotografía es hermosa, de un color rosa pálido, majestuoso como un ocaso interminable. He creído distinguir en cada escena la presencia de una pequeña flor: incluso en lugares imposibles, como una taberna, o un campo de batalla ensangrentado; minúscula, blanca, inmóvil en una esquina de la pantalla, como un defecto del celuloide. «¿Os ha gustado?», pregunta Ana a la salida. «Mucho.» «Javier siempre recomienda bien.» «A mí se me ha hecho un poquitín larga», comenta Andrea.

Siete

El viernes por la tarde decidí visitar la Filmoteca Soledad. No estaba muy seguro de que el viejo coleccionista de Ballesta hubiera querido indicarme algo en secreto mediante un gesto de sus dedos –quizá aquel ligero golpe sobre el anuncio y su consejo de que fuera al cine no eran más que una coincidencia–, pero decidí que debía dejarme guiar por lo que había visto, o creído ver, y no por lo que pensaba. Además, no tenía otro sitio mejor donde ir después del trabajo.

Soledad es una callejuela cercana a San Bernardo llena de bodegas y bares. El cine era un local estirado y oscuro cuyo nombre estaba escrito en sombreadas mayúsculas sobre un rótulo rectangular: FILMOTECA SOLEDAD. El vestíbulo, amplio, olía a humedad; al fondo existía una puerta oscura de doble hoja; a un lado, una taquilla iluminada; al otro, un enorme cartel, casi oculto por su situación en la esquina, donde Clark Gable, mal dibujado, se hallaba a punto de besar, o acababa de hacerlo –quién sabe, la imagen paralizada carece de tiempo–, a Vivien Leigh; al pie de aquella escena, una frase en letras azules: «El cine que a usted le gusta».

Dentro de la taquilla se erguía una majestuosa esfinge: el busto de una mujer de rasgos blandos y gruesos. No había nada extraño en ella, pero su aparente normalidad se me antojaba irreal; quizá era el pelo, demasiado rubio, o las cejas, casi invisibles, o los párpados enterrados en azul o la finísima herida de los labios. Un pequeño letrero colgado en el cristal anunciaba: «Díganos sus preferencias y programaremos lo que más le guste. Sesión continua a partir de las 16:00 horas. Miércoles, día del espectador».

–Creo que no conozco esto –le dije a la taquillera.

–Usted elige las películas que quiera y nosotros intentamos programarlas. Además, cuando venga a ver sus películas elegidas, le haremos un diez por ciento de descuento al adquirir la entrada. El descuento también se aplica a un acompañante.

Su voz carecía de sorpresas; parecía hastiada de decir lo mismo. La blanda quietud de sus rasgos y aquel tono de voz sin inflexiones reforzaron mi impresión de irrealidad.

–Hoy ponemos dos de Charlot –agregó–: *La quimera del oro* y *El gran dictador*. La primera ha empezado ya.

No se me ocurrió otra cosa que entrar. Le pedí un ticket y le entregué un billete de mil arrugado.

Cerré los ojos y los abrí un instante después para contemplar una Alaska de escayola al ritmo de un gramófono suave. En la pantalla, Charlot se estaba preparando la comida: era su propia bota derecha. Busqué a mi alrededor y hallé una butaca libre junto al pasillo central. Mientras Charlot se transformaba en pollo, algo me llamó la atención desde el otro lado del pasillo. En el grupo contiguo de butacas, un joven ocupaba justo la opuesta a la mía y contemplaba fijamente la película balanceándose con lentitud en el asiento, como un resorte. Me había fijado en él precisamente por aquel movimiento de balanceo: la luz inestable de la proyección contribuía a deshumanizarlo aún más, y su vaivén parecía mecánico. Llevaba una camiseta negra sin mangas, pero la mitad inferior de su figura se hundía en la oscuridad. Sobre su cuello reptaba con suavidad una mano blanquísima, como un pequeño animal en un teatro de sombras: la de su compañera –pensé– a la que yo apenas veía, que le acariciaba, o que intentaba calmarlo.

Dejé de observarlos y me concentré un rato en la película. El cine mudo no es de mis preferidos, no por su melodioso silencio sino porque sus imágenes a veces son defectuosas, y a mí me gusta distinguir bien lo que miro. Además, yo había visto *La quimera del oro* en varias ocasiones. Pese a todo, las escenas me distrajeron. En un momento dado sucedió algo, aunque no en la pantalla, donde ocurrían cosas constantemente, sino en el patio de butacas, tranquilo y oscuro como un cementerio. Sin embargo, lo que sucedió tuvo relación, en gran parte, con lo que ocurría en la pantalla. Fue en la escena en que Charlot invita a una corista a bailar en un tugurio, o la corista a Charlot, no recuerdo bien: al sacarla a bailar, la cuerda que ata sus pantalones de mendigo arrastra de improviso a un perro pesado y bonachón. En ese instante capté un movimiento en las butacas del otro lado del pasillo: el joven de la camiseta sin mangas había alzado un brazo y señalaba la pantalla. Fue un levísimo gesto –el dedo índice apuntando, tembloroso, el brazo desnudo que se levanta en silencio– que la persona que le acompañaba ayudó a extinguir. El brazo volvió a descender tras una delicada pugna, pero su tensión persistió: como si un hilo invisible lo atara a la pantalla como el perro a los pantalones de

Charlot. Esta tensión acreció después, cuando Chaplin
hizo bailar a dos panecillos ensartados por tenedores
como piernecitas de títere: el joven empezó a seguir el ritmo de aquella célebre escena con la cabeza, como si se hallara también *ensartado* a los dedos del actor. «Un apasionado», pensé, y me asaltó un escalofrío misterioso que
intenté reprimir zambulléndome en las imágenes. En la
escena final, Charlot se alejó acompañado por su chica
mientras un agujero de cañón o de túnel se cerraba ine-
xorablemente tras ellos, sin resquicios, como una tapa de
ataúd.

Una breve oscuridad.

La pantalla se convirtió entonces en ella misma –una
blancura irreal–, y la luz pareció extenderse por toda la
sala. Un hombre calvo, sentado a mi derecha, se levantó
en ese momento e hizo ademán de querer salir. Alcé un
poco las piernas para dejarle paso y aproveché para contemplar en detalle al joven del otro lado del pasillo: vestía, en efecto, prendas negras, y pude observar que llevaba un tatuaje circular en el bíceps, una especie de ojo de
pupila muy negra. Su rostro era tan delgado que parecía
peligroso, con el pelo casi inútil –muy rizado y muy corto– y las mejillas mal afeitadas. Su compañera era una
chica que vestía como él –no es raro ver esto hoy día–,
sólo que en vez de pantalones llevaba una falda que cubría sus piernas hasta los tobillos; su piel era tan blanca
que se percibía fría incluso desde lejos. Entonces, sin
previo aviso, ambos se levantaron, o se levantó él y ella lo
imitó, y caminaron con rapidez hacia la salida –la falda
hacía aspas con los pasos–. Me pareció que él avanzaba
como si se dirigiera a un destino irremediable y que ella
intentaba remediarlo de alguna forma. Ignoraron las
puertas del fondo y escogieron unas cortinas laterales,

oscuras, desapareciendo tras ellas. Me aturdió por un instante verlos escabullirse de aquella manera –una cortina tiene siempre algo de truco, de cosa oculta–, pero pensé que sería el acceso a los lavabos y no le concedí mayor importancia.

Aproveché el descanso para inspeccionar el interior de la sala desde mi butaca. En contra de lo que esperaba, era grande, aunque muy vieja. El techo poseía toda la ampulosidad de un teatro venido a menos, con una bóveda central pintada de un dorado desvaído y rota a intervalos irregulares, parecida al iris de un ojo gigantesco, y sostenida por unas columnas laterales que me recordaron los decorados de las películas romanas. La moqueta, de intenso color verde, se hallaba perforada por negruras de cigarrillo, redondas como pupilas de gato. Manchas espirales blancuzcas recubrían las cabeceras de los asientos. En general, nada en el interior de la Filmoteca Soledad atraía la vista, salvo –como ocurre en cualquier cine– la pantalla blanca, tentadora por su misma blancura, atractiva como un sol que pudiera contemplarse sin ceguera.

Un timbre amable anunció el comienzo de la segunda película. Entonces decidí hacer algo.

Regresé al vestíbulo y me dirigí a la taquilla. Afuera había empezado a llover y a anochecer, quizá al mismo tiempo. Sorprendí a la taquillera con un café y una rosquilla a medio comer entre los dedos y los labios orlados de azúcar, pero siguió comiendo sin inmutarse.

–Perdone. ¿Qué debo hacer para que programen mis películas?

No habló enseguida –estaba tragando un bocado–: dejó la rosquilla sobre una servilleta de papel, se frotó los dedos índice y pulgar, cogió una hoja amarilla de un cajetín contiguo y la deslizó a través del arco de cristal.

—Escriba ahí los títulos que le interesen y entrégueselo al responsable de la programación. ¿Sabe dónde está?

—No.

—En la sala, el pasillo de la derecha, unas cortinas: hay un vestíbulo y unas escaleras; baje por ellas. Al final, una puerta. Llame antes de entrar.

Le pedí un bolígrafo y escribí los títulos que deseaba. Mientras regresaba a la sala, recordé aquellas cortinas marginales que la pareja de jóvenes había atravesado durante el intermedio y que yo había creído que daban a los lavabos. No me resultó difícil hallarlas en la penumbra. Las aparté, cerré los ojos, los abrí y contemplé una modesta habitación llena de cajas con una puerta abierta al fondo que daba a lo que parecían ser unas escaleras angostas. Me dirigí a ellas y empecé a bajar. Los tramos se hallaban iluminados por bombillas enrejadas.

El descenso tuvo algo de enigmático. Pensé en el aspecto que debía de ofrecer mi figura alta y enjuta, de pelo y bigote grises y rostro caballuno, pisando con cautela los empinados peldaños de aquella escalera estrecha y retorcida. La soledad y lo desconocido me duplican a veces y al desdoblarme me observo —no sé si le ocurre a otras personas—, y descubro mi aspecto haciendo algo. Me contemplé a mí mismo imaginariamente bajando por unas escaleras como aquéllas, y mi sensación de enigma se intensificó. De repente llegué al final y el punto de vista cambió por completo: había regresado a mis propios ojos y vislumbraba un breve pasillo y una puerta cerrada al fondo. Pasillo y puerta avanzaron hacia mí cuando yo caminé hacia ellos. Me detuve ante la puerta y la golpeé suavemente con los nudillos.

–Adelante –dijo alguien desde el interior.

Cerré los ojos y los abrí un instante después. La habitación era pequeña. Había un sencillo escritorio y un radiador en un rincón. Las paredes laterales estaban cubiertas por carteles de películas: a mi izquierda, encima del radiador, King Kong se abatía sobre el Empire State; en la pared opuesta, Cary Grant amenazaba con una pistola mientras protegía la delicada silueta de Audrey Hepburn, y junto a ellos, casi a ras de suelo, destacaba el espectacular zapato-revólver de *Tacones lejanos*. Tras el escritorio, en la pared del fondo, un detalle curioso: una ventana pintada en la propia pared. Estábamos en un sótano, así que no era lógico que hubiera una ventana real. Pero ni siquiera se trataba de una buena imitación sino el dibujo de un marco de color blanco, rectangular, con un interior cubierto de negro, como si se asomara a una noche absoluta; en el centro, la blanca división entre ambas hojas y una reminiscencia de picaporte. La única luz en la habitación procedía de un flexo de pantalla verde situado sobre el escritorio, y detrás de él se agazapaba el rostro de un hombre.

Tenía escasos cabellos, o puede que muy peinados hacia atrás y adheridos con fijador para mantenerlos en posición, como una delgada caperuza, de un color difícil de determinar a causa de la peculiar distribución de la luz. De hecho, su aspecto era más un efecto de la luz que aspecto propiamente dicho: el flexo quedaba un poco por debajo de su cuello, y el juego de sombras le maquillaba los rasgos. La frente era de una tonalidad gris oscura salvo en su parte central, justo encima del ceño, donde se erguía un negror piramidal que atraía la vista. Los bordes de las cejas destellaban. Sus ojos se mantenían claros, sobre todo por su parte inferior, y eran de un azul casi desvaído. Las mejillas sobresalían por contraste con los límites luminosos.

–Buenas tardes. Siéntese –dijo.

Pese a su extraña apariencia, su voz no me impresionó especialmente; tampoco su mirada, fija en la mía. Frente al escritorio había dos sillas. Escogí la de mi derecha y me senté. Nos miramos un instante y compartí su ligera sonrisa.

–Me dijeron que hablara con usted –dije–. Para que programara mis películas.

–¿Me permite?

Extendió la mano derecha y le entregué el papel amarillo con los títulos. Lo leyó manteniéndolo alejado de los ojos.

–*Acusados* y *El silencio de los corderos* –me observó de nuevo como para asegurarse de que era eso lo que yo había escrito.

–Sí. Por Jodie Foster. Es mi actriz preferida.

Hubo un previsible silencio que el hombre no pareció dispuesto a interrumpir. Se retrepó en el asiento y eclipsó su rostro aún más tras el flexo, aunque no por completo: aislando los labios rojos. La pantalla verde quedaba ahora a la altura exacta de sus ojos y se hallaba un poco ladeada, así que me cegaba a medias. Vi que aquellos labios sonreían.

–Muy bien –dijo por fin–. A propósito, ¿cómo se enteró de nuestra existencia?

–A través de un coleccionista de fotos de la calle Ballesta –repuse sin vacilar.

–Tengo que tomarle algunos datos.

–Como usted quiera.

Mostró ambas manos por primera vez, varoniles, de pronunciados tendones, cogió un bolígrafo dorado y un bloc, abrió éste por alguna página central, se inclinó para

escribir y la lámpara dejó de enmascararlo. Pude comprobar que su rostro, ya desnudo de juegos de luces, era
bastante normal, casi anodino.

–¿Me dice su nombre completo, por favor?

–Javier Verdaguer Vélez.

–¿Edad?

–Cuarenta y cuatro años.

–¿Dirección?

–Calle Solana, número treinta y seis, piso siete, puerta a.

–¿Eso queda por...?

–El barrio de Salamanca.

–¿Teléfono?

–Cinco, sesenta y uno, treinta y cinco, cuarenta y tres.
Estoy casado y tengo dos hijos, un niño de diez años y
una niña de ocho...

–Eso no hace falta –dijo el hombre con suavidad.

–Perdone –realmente no sabía muy bien por qué había
añadido aquellos datos; supuse que me dominaba la absurda necesidad de hacerle ver que yo era alguien.

–¿En qué trabaja?

–Soy jefe de contabilidad en una compañía de seguros.

–Administrativo –resumió el hombre mientras lo ano-
taba.

No me hizo más preguntas. Pareció releer lo que había
escrito y asintió varias veces con la cabeza, como dándose
por satisfecho. Entonces cerró el bloc y lo dejó en un extremo de la mesa. La impresión que este sencillo gesto me
causó fue indefinible: como si de repente mi vida quedara
allí contenida, alejada de la conversación. «Ya está. Ahora
vamos a hablar de cine... y de Jodie Foster», parecía indicarme con aquel ademán. No abandonó el bolígrafo: jugó
con él entre los dedos, bajo el dominio del flexo, creando
destellos irregulares.

–Imagino que tendrá curiosidad por saber qué hacemos con los datos que acabo de tomarle –dijo.

–No me importa.

Pero ignoró mi desinterés y explicó:

–Elaboramos una ficha que después nos sirve para obtener información estadística sobre qué clase de personas prefieren qué tipo de películas, ¿comprende? No es fácil programar a gusto del consumidor. Quiero decir que no nos podemos permitir el lujo de proyectar películas que en realidad sólo les interesan a dos o tres espectadores. Animamos a la gente a expresar sus deseos y después sacamos conclusiones. Si, por ejemplo, una gran mayoría se decanta por el cine de autor, retrasamos mucho la proyección de películas de género. Intentamos que el cine sea una satisfacción y no una simple experiencia. Usted tiene un deseo y nosotros se lo complacemos, así de simple.

–Muy interesante.

–Nuestro público no es muy numeroso, pero sí muy exigente. Y lo que a nosotros nos gusta, precisamente, son las exigencias. Trabajamos mejor cuando existe un deseo intenso por parte de ustedes. No es lo mismo ver que querer ver: primero hay que querer ver. Nosotros fomentamos el gusto por el cine mediante el conocimiento previo de lo que se quiere ver, no de lo que otros dicen que debemos ver. Lo primero de todo es el deseo, después la búsqueda, por último la satisfacción. ¿Le gusta a usted el cine, Javier?

Yo lo escuchaba a medias, contemplando el metrónomo de destellos del bolígrafo, así que la pregunta me cogió por sorpresa y me erguí en el asiento.

–Sí, bastante –dije–. Pero mi interés primordial es Jodie Foster.

–Es una actriz excelente, tiene usted buen gusto.

–Gracias –y añadí, tras una breve pausa–: Me agrada coleccionar fotos suyas.

–¿Tiene muchas?

–Varios centenares.

Hubo una pausa. El hombre seguía haciendo girar el bolígrafo, y a mí me fascinaba aquella espiral de luceros. La silueta del hombre cubría la ventana pintada en la pared que tenía detrás.

–Ha hecho usted muy bien en venir, Javier. A decir verdad, el cine perdura gracias a personas como usted.

–¿Perdón?

Soltó el bolígrafo de improviso, y cesaron los chispazos. Se inclinó sobre el escritorio y apoyó los codos.

–Gente apasionada por las imágenes, sean fotos o películas, da igual. Al individuo que contempla una película lo llamamos *espectador*. ¿Sabe por qué? Quiero decir, ¿conoce el significado completo de la palabra?

–¿De *espectador*?

–Sí.

Me contemplaba sonriente. Ahora eran sus manos las que devolvían el brillo de la lámpara. Las mantenía entrelazadas y juntaba las puntas de los índices formando un curioso triángulo. En el centro del mismo, y por asombrosa coincidencia, destacaba un círculo negro, un adorno estampado en su corbata color crema.

–Espectador es quien contempla un espectáculo –dije.

–Exacto, ésa es una acepción. Pero existe otra que se deriva de una raíz latina muy parecida: expectante. También aquí se trata de mirar, pero aguardando algo. Quiero decir, permaneciendo al acecho, ¿me comprende?

–Pues no –repliqué, incómodo.

–Todo espectador espera algo, eso es lo que significa la palabra. Pero ¿sabe usted lo que espera un espectador?

–Ni idea.

–Que se cumplan sus deseos.

Dicho esto, como si nuestra charla se tratara de una especie de diálogo memorizado y hubiera llegado el momento en que el guionista indica «pausa», el hombre dejó de hablar, cogió el bolígrafo otra vez y escribió algo en el papel amarillo. Después me lo devolvió: era una rúbrica ilegible.

–Muestre este papel cuando saque las entradas de sus películas, y le haremos el descuento. Muchas gracias –mientras me levantaba añadió–: Por cierto, tenemos una costumbre que se me olvidaba mencionarle. Nos gusta crear expectación entre nuestros espectadores, como es lógico, así que el calendario de proyección de las películas es un tanto aleatorio. Las suyas se estrenarán algún viernes durante las próximas semanas, pero no las anunciaremos con antelación. Esta costumbre también obedece a nuestras propias limitaciones, claro.

–¿Quiere usted decir que tendré que venir todos los viernes para ver si ponen mis películas?

–Es lo aconsejable. De todas formas, nosotros las programaremos en días diferentes y las repondremos con relativa frecuencia, así que, aun si sus visitas son escasas, usted coincidirá algún viernes con la proyección de una de ellas, por lo menos.

–Una manera muy curiosa de atraer público –dije.

–Le aseguro que el sistema funciona. La gente acude con más interés si no sabe lo que va a encontrar. Manténgase al acecho, Javier, eso es todo–y se inclinó sobre el escritorio con los ojos muy abiertos y fijos en los míos, añadiendo, lentamente–: Cuando se obtiene un deseo por sorpresa, de forma inesperada, tras un tiempo de paciente resignación, la felicidad es absoluta, ¿no cree?

Ocho

«¿**D**ónde has estado? Te he esperado durante toda la tarde.»

«En el cine –respondo, encogiéndome de hombros–. ¿Qué sucede?»

«Tenemos que hablar, Javier», dice, y en ese momento no percibo la sutil diferencia en su tono de voz. Me siento en el borde de la cama y me descalzo, dándole la espalda. «¿De qué?», pregunto. Como no me contesta, me doy la vuelta y la miro.

La veo llorar.

Andrea siempre llora con desgana, se diría que arrepintiéndose de hacerlo. Probablemente de niña una situación traía la otra, y ahora de adulta son simultáneas, y llora y se arrepiente de llorar al mismo tiempo, y es débil y fuerte, y cobarde y valiente. Le ocurre algo curioso: nunca he visto sus lágrimas, porque casi nunca permite que broten. Al llorar, echa la cabeza hacia atrás, como si quisiera que las lágrimas le empaparan la retina o como si intentara enterrarlas en sus ojeras crecientes. Realmente el saco de las lágrimas está ahí, en las ojeras, y quizás esa operación resulte posible: recuerdo cómo se hincharon los párpados de mi prima al poco de nacer porque no podía echar fuera el llanto, según decía el médico. La tristeza engorda los ojos, fabrica bolsas de piel oscura, los irrita con rayas de sangre, y eso sí que es fácil de contemplar, y se dice: has llorado, o tienes mala cara. Y pienso que sería extraño que así fuese y que todas sus horas de amargura estuvieran coleccionadas bajo las pestañas, porque un día las ojeras pueden romperse y toda su frialdad derramarse en una sola lágrima inacabable que nos anegara a ambos como en la escena de aquella película de dibujos animados en que una niña llora un mar donde ella misma se ahoga.

«¿Qué pasa?», pregunto.

«Esta mañana, Barrera ha vuelto a examinar al niño. Le ha hecho un reconocimiento completo... Ya sabes que hasta ahora se había limitado a abrirle la boca y mirar dentro. Pero hoy se decidió a hacer bien su trabajo.» Andrea da pequeños paseos –ida y vuelta– mientras habla, frente al telón plateado de las cortinas de la ventana. Yo la contemplo inmóvil. En ese instante comprendo que todo este decorado quedará para siempre en mis ojos: volveré a ver las cortinas y recordaré la escena en que Andrea paseaba mientras me hablaba del doctor Barrera y de Javi. Es importante el lugar donde se dicen las cosas, ese fondo sobre el que se habla o se actúa: qué culpa tienen las cortinas plateadas, sus sombras rectas, verticales, la luz de plomo que reflejan; o el sinuoso Lladró de la cómoda, gusto de Andrea, el hombre con prismáticos y chistera y la mujer con sombrero de flores con antiparras, espectadores de una carrera de caballos en algún hipódromo del siglo pasado. Ningún objeto es culpable de lo que sucede, ni siquiera guarda directa relación con lo que sucede, pero sus imágenes –lo sé, estoy seguro– han quedado filmadas en mi memoria y de aquí en adelante se repetirán con frecuencia.

«Ya no cree que esa fiebre sea de las amígdalas», dice con cuidado, como si las frases fueran frágiles y pudieran romperse al caer de sus labios. «¿Y de qué cree que pueda ser?», pregunto. Se detiene y me mira, pero casi enseguida desvía los ojos. «No está seguro. Dice que hay que hacerle algunas pruebas. Me ha aconsejado que lo ingresemos.»

No reacciono, porque no me lo esperaba y no tenía prevista ninguna reacción. En realidad, no esperaba nada.

«¿Que lo ingresemos?», murmuro.

Andrea asiente.

«Me ha dicho que tiene el bazo grande», dice, y prolonga la última palabra en un sollozo –eeeee–, y viene hacia mí, se echa sobre mí, me abraza con una fuerza que casi es violencia, no cariño: como si deseara dañarme o dañarse. «¿Qué vamos a hacer, Javier? ¿Qué vamos a hacer?» Su voz, amordazada por mi pecho, parece la de otra mujer. Gime, llora y tiembla sobre mí. «Todo se arreglará. Javi se pondrá bien», murmuro. Por un instante pienso que Andrea y yo estamos unidos de nuevo –como al principio de casarnos– por un deseo que va más allá de la apariencia. Y me siento culpablemente enamorado. Es necesario ser infeliz para ser feliz. Es necesaria la mala noticia para recibir la buena. La luz viene de las tinieblas previas.

«Entonces, ¿qué hacemos?», dice. Yo le respondo que si el doctor Barrera aconseja que Javi debe ingresar, habrá que hacerle caso. Pero ella mueve la cabeza con impaciencia. «Te pregunto que qué hacemos con el niño, qué le decimos.» Descubro que ella ya sabe lo que hay que hacer, pero me pregunta para examinarme –es maestra, y necesita que todo el mundo a su alrededor sepa las respuestas–. «Que se pondrá bien. Que no se preocupe», respondo. De repente la veo alisar la colcha con un gesto rápido, enérgico. Se ha recuperado, es ella otra vez. «Ya está preocupado, Javier; tu hijo tiene diez años de edad. ¡Ya intuye ligeramente que las cosas no marchan bien!» Ha regresado a ella misma tomando un atajo: demasiado rápido para mi temperamento pacífico, que demora en reaccionar con los cambios. Debería existir un corte entre lo que fue Andrea al abrazarme y lo que es ahora: un salto, un cambio de plano, un descanso brusco entre su ternura y su dureza. Ella me observa aguardando una respuesta. Después dice: «Por Dios, Javier, tu hijo va a ingresar en un hospital, acabo de decírtelo, quién sabe lo que pueda tener, y tú sigues ahí plantado, como si oyeras música celestial. ¿Qué clase de vida estás viviendo?».

Yo no contesto. La miro y parpadeo.

«A veces creo...», comienza a decir pero se detiene. Se acerca a mis ojos dóciles y observadores y eleva el rostro para contemplarlos bien –soy muy alto–. Sus ojos son pequeños y oscuros y tienen los bordes enrojecidos por el llanto. Observo que sus labios se tensan con una mueca, pero no es de ella, quiero decir, ella no quiere esa mueca: es la piel que se tensa y la produce. Por fin concluye la frase: «A veces creo que ni siquiera escuchas lo que te digo. Que estás como en otro mundo».

Yo no contesto. Realmente no se me ocurre qué puedo decir. Andrea ha pasado de un tema a otro con tanta rapidez e irracionalidad que no encuentro una respuesta adecuada. ¿Qué tiene que ver lo que le sucede a Javi con que yo escuche o no lo que me dice ella?

«Los viernes y los sábados te vas por ahí, al cine o a las tiendas ésas de coleccionismo... Los domingos te encierras en el despacho con tus álbumes de fotos... Por Dios, Javier, ya sé que vives tu vida y yo te respeto, pero es que a veces... No sé explicarme...» Es un gran problema para Andrea no saber explicarse: se reprende a sí misma, retrocede en sus propios razonamientos, deshilvana la madeja y vuelve al principio con paciencia matemática, porque está deseosa de que todos la entiendan, porque para ella el mundo es un gran mapa escolar y hay seres que ignoran las cosas y seres que deben enseñarlas indicando con el puntero. «A veces creo que tus ratos de ocio son más importantes que tu vida», dice. Recupera su tono de súplica tras una pausa: «Pero no quiero enfadarme contigo, no, no quiero. Ahora tenemos que estar más unidos que nunca, Javier, porque el niño nos necesita. A los dos». Volvemos a abrazarnos, pero ya no apasionadamente como antes sino como se abrazan los matrimonios.

No la culpo por sus reproches, que son los de siempre aunque no los diga –peor aún cuando no lo hace–. De hecho, siento la necesidad de estar a su lado, más que nada porque soy un hombre pacífico, y la paz requiere de la costumbre. La costumbre es lo fácil: es aquello que se hace y se repite hasta que ya deja de hacerse o dejamos de sentir que lo hacemos, lo cual es lo mismo. Nuestra vida consiste en paz y costumbre: eso es la oscuridad. Todo lo que no es oscuridad es luz que se mueve a gran velocidad, la luz que contemplamos, que nos hipnotiza, que nos retrata, que inmoviliza nuestros cuerpos en los asientos, que nos hace parpadear.

«Todo acabará bien», le digo, abrazándola. Sin embargo, ambos sabemos que nada acabará ni bien ni mal, porque para que algo acabe tiene que existir un argumento, y yo nunca he encontrado argumento en lo que me sucede diariamente. Las cosas nunca terminan, nunca se concretan en un final preciso. Nada va a pasar. Absolutamente nada. Pero, quién sabe por qué, necesitamos a veces decir las frases que escuchamos en las películas.

Nueve

Pero lo que importa es continuar con mi narración.

Regresé a la Filmoteca Soledad el viernes siguiente. La tarde había comenzado con un fuerte aguacero, y me refugié en el vestíbulo del cine, el impermeable color arena lustroso de lluvia y el paraguas plegable empapado. La taquillera estaba leyendo un libro forrado de blanco, de título invisible, con gafas minúsculas, rectas, de ver de cerca. Le mostré el papel amarillo y me dijo, casi sin apartar la mirada de su tarea, que mis películas no tocaban todavía, continuaban las de Charlot. La frustración –el viaje en balde, y con aquel tiempo– no por previsible se me hizo menor: me sentí cansado de repente, sin ganas de nada, sin objetivos. Decidí entonces, como siempre hago en tales ocasiones, sentarme y ponerme a mirar. Estuve largo rato sentado en la escalinata del vestíbulo contemplando la calle salpicada, el discurrir del agua por la acera en pendiente, el resonar de las gotas en la cornisa, con las manos en los bolsillos, el paraguas en el suelo entre un charco creciente, como desangrándose. Conté seis coches lentos calle arriba rociando agua con las ruedas, consulté mi reloj y pensé en lo que iba a hacer a continuación: regresar a casa, o quizá volver a hablar con el responsable de la programación, aunque sólo fuera para exigirle que me dijese cuándo proyectarían mis películas, qué día exacto, y evitar así la pérdida de tiempo.

Fue entonces cuando los vi salir del cine. Él parecía caminar hacia un destino irremediable, y ella, detrás, avanzaba como si quisiera remediarlo de alguna forma.

Hay imágenes que el ojo reconoce antes que el cerebro, como si hubieran dejado rastros en su interior: yo supe quiénes eran aun antes de que mi recuerdo los identificara. El apasionado de Charlot y su chica. Se reunieron en la acera, bajo el chaparrón, y ella lo envolvió en un abrazo –piel blanquísima sobre las ropas negras, parecidas a las que vestían la semana anterior– y empezaron a caminar calle arriba.

Decidí seguirles porque no tenía nada mejor que hacer. Pronto comprendí que fabricaban un laberinto: doblaron la esquina, y cuando llegué hasta ella los vi doblar por otra, esta vez hacia abajo, hacia Gran Vía, pero retrocedieron y escogieron una nueva bocacalle. Me pregunté por qué tantas vueltas inútiles, alargando trayectos que hubieran podido recorrer de forma más inmediata, y los seguí con renovado interés. Avanzaban rápido, a pesar de que parecían sostenerse cada uno del cuerpo del otro, sobre todo él, porque caminaba inclinado, casi oblicuo, resbalaba, se apoyaba a ratos en esos postes metálicos clavados en la acera para impedir que los coches aparquen. Un río de agua recién caída vino hacia mí desde ellos por una calle en pendiente. Cruzaron frente a un pequeño portal en el que había un hombre –o mujer– sentado, la cabeza oculta entre las piernas, los brazos fláccidos. El agua discurrió bajo sus pies

y sus manos sin que él –o ella– se moviera. Cuando pasé
junto a aquella figura me pareció una mujer, pero no estuve seguro. No percibí ningún movimiento en su cuerpo: era como un muerto que dormía.

De pronto tuve que aminorar el paso, porque fue
como si la pareja de jóvenes no avanzara, como si retro-
cediera incluso. Pensé que en algunas películas hay una
escena así –era frecuente en las mudas–: la cámara proyecta hacia atrás y las imágenes recorren el mismo camino en sentido inverso, una carrera de espaldas, predesti-
nada, en la que resulta imposible eludir nuestras propias
huellas. Sucedía igual en aquel momento: ellos parecían
venir hacia mí, aunque quizá era yo quien aceleraba el
ritmo sin querer. Casi comencé a desear que se perdieran
de vista porque a punto estaba de ser atrapado por aquellos a quienes se suponía que perseguía. Sin embargo, no
me sentía capaz de abandonar la persecución: me hallaba como ensartado por la figura de ambos jóvenes, atado a sus siluetas negras.

Por fin, tras doblar una esquina cerca de Amaniel, casi
tropecé con ellos. Él yacía en la acera, bocabajo, la lluvia
rebotando en su espalda como piedras preciosas, un
cuerpo inerte adornado de agua, y ella, agachada junto a
él, tiraba de sus brazos.

–Vamos, venga, tío, venga –le decía.

Intentaba levantarle sin mucho éxito, desarticulándo-
le, torciendo su cuello, pellizcándole la camiseta negra,
cogiendo sus manos entre las suyas.

No sirvo para emergencias. Tengo talla y fuerza de
hombre pero temperamento de mulo dócil. Las cosas pasan y no las modifico, dejo que pasen a mi alrededor: los
sucesos fluyen bajo mis pies como el agua que discurría
en aquel momento por la acera. Me incliné, cogí su brazo

–delgado pero firme, muscular– y tiré de él sin decidirme a dejar el paraguas. La chica no dijo nada pero tampoco rechazó mi ayuda. Logramos sincronizar nuestras torpezas y por fin lo levantamos entre ambos –es terriblemente difícil mover un cuerpo que todavía posee cierta voluntad de reposo– y lo arrastramos hasta un portal cercano. Fue entrar en aquella oscuridad y empezar a hablar ambos a la vez, como si hubiéramos percibido una intimidad violenta, instantánea, demasiado incómoda para el silencio:

–Eso es. Déjelo, déjelo ya, gracias.

–Vamos. Aquí mismo.

–Gracias, no se moleste...

–No es molestia...

Lo recostamos boca arriba en el portal, cerca del ascensor –que era antiguo, de rejilla–. Yo había olvidado cerrar el paraguas, y ahora se había vuelto un estorbo: rozaba las paredes y el borde de los buzones esparciendo agua por sorpresa como un perro que agitara la pelambre. Lo cerré con más dificultad que nunca. Ella me observaba apoyada sobre una pared, respirando fuerte. El pelo húmedo se le adhería a la frente.

–Gracias –volvió a decir.

–¿Quiere que avise a un médico?

–No –replicó con rapidez, muy seria–. Se le pasará pronto. No es nada.

Ciertamente él no parecía herido, ni siquiera dormido: hacía ruidos con la boca, como si masticara, y respiraba con una fatiga similar a la nuestra. De vez en cuando abría y cerraba los ojos y volvía a abrirlos, como hago yo al entrar en los lugares oscuros. Sin embargo, creo que no nos veía: era como un muerto que estuviera despierto.

–¿Qué le ha ocurrido? –pregunté.

–Nada –se encogió de hombros–. De verdad, nada. Se pondrá bien.

–Pero no se puede quedar aquí.

–Vivimos en este mismo edificio, gracias.

Como si quisiera demostrar que no me necesitaba, se agachó y volvió a cogerlo del brazo. Yo la ayudé de nuevo, con más soltura. Lo dejamos sentado en el suelo del ascensor mientras subíamos dos pisos entre un estrépito de madera y metal. Ella le hablaba en un tono cada vez más impaciente, como si le regañara:

–Venga, Alfred, venga, vamos.

El ascensor se detuvo en un tercero y ella abrió las puertas. Descubrí que si nadie me ayudaba me resultaba más sencillo cargar con él: lo saqué cogiéndolo de las axilas, la cabeza llena de vaivenes, exánime, mientras ella se hacía a un lado para dejarnos paso tras abrir la puerta de un apartamento. No miré nada al entrar. Nada percibí. Estaba actuando, y cuando actúo –cuando hago algo–, dejo de pensar en mi propia imagen, no me desdoblo. Ella entró detrás, me señaló un diván en un saloncito contiguo, un tresillo con cojines, y allí lo solté. Resoplé al liberarme de aquel peso y me pareció que mis ojos comenzaban a mirar a partir de aquel instante. Al mismo tiempo, las cosas a mi alrededor perdieron fuerza, como si también se despojaran de una carga. Cerré los ojos y volví a abrirlos.

Había una estantería con papeles apilados en carpetas, filas de álbumes con discos antiguos de vinilo y grupos de libros que parecían versar sobre cine. También un par de mantas grises dobladas sobre un sofá. Cuadros pequeños con paisajes oscuros adornaban las paredes, pero en ellas llamaba la atención, sobre todo, un póster enorme de marco rectangular colgado en la pared que había junto al

diván: la figura de Charlot pero sin carne, sólo el sombrero hongo, el bigotito, el chaqué, los pantalones bomba-
chos, el bastón de caña curvado y apoyado sobre uno de
sus larguísimos zapatos, todo en negro sobre fondo blanco. En una esquina, un equipo de música con auriculares;
en otra, un televisor y un vídeo. También una mesa re-
donda en el centro, cubierta por un lienzo blanco, y sobre
ella cajas pequeñas adornadas con dibujos de flores. Y
dos butacas que parecían del mismo material –enea, quizá– que el diván. A través de la ventana, que era de doble
hoja con un picaporte central, se podía contemplar el te-
jado de la casa de enfrente, erizado de antenas de televisión. La luz entraba amortiguada. Me pareció que contemplaba un mundo antiguo y mudo. Incluso el silencio
carecía de violencia.

–Su paraguas –señaló ella–. Se le va a caer.

Yo lo había guardado en uno de los bolsillos del impermeable, y la mitad asomaba por fuera.

–Lo siento –dije, no sé por qué. Lo saqué del bolsillo y
ella lo cogió con un gesto rápido y se lo llevó al vestíbulo.
Iba a decirle que no se molestara, que me marchaba ya,
pero me contuve al pensar que no sabía a dónde ir.

–¿Quiere un poco de café? –dijo al regresar.

–Si no es molestia, quizá un poco.

Intuí que no le había gustado que aceptara su cortesía.
Me pidió el impermeable, y mientras me lo quitaba sonaron dos truenos, o quizá fue uno sólo muy largo, con una
pequeña interrupción en medio, un antes y un después.
Cuando se marchó por el pasillo con mi impermeable decidí sentarme en una de las butacas y contemplar al chico,
que ahora dormía profundamente.

Era muy joven, como ella: pensé que, con toda seguridad, la suma de sus edades sería inferior a la mía. Yacía en

el diván tal como yo lo había dejado, de espaldas, la boca abierta, una mano en el suelo, como desprendida, la otra sobre el pecho. Su aspecto era el que yo recordaba de la tarde anterior, quizá un poco más delgado. Los pómulos resaltaban en su rostro demacrado. Los brazos, tan blancos como los de ella –venas visibles–, estaban salpicados de pequeños hematomas. Advertí diminutos pinchazos en el izquierdo. Vestía una camiseta con tirantes, ahora tan húmeda que se adhería a su pecho, y pantalones negros. Su tatuaje en el bíceps derecho volvió a despertar mi curiosidad: parecía una especie de ojo, pero sólo la pupila, sin conjuntiva, con un diminuto punto blanco central.

Ella regresó casi enseguida con una bandeja, dos tazas de café y un azucarero. No se había cambiado, seguía con su vestido negro y largo –la falda hasta los tobillos–, las botas empapadas, el pelo aún moldeando su cabeza. Apartó varias cajitas de la mesa con rapidez, antes de que yo pudiera ayudarla, y depositó la bandeja. Se movía con cierta energía torpe, como si quisiera demostrarme que era capaz de hacerlo todo por sí sola. Su cuerpo era bastante más grueso que el de él, y conservaba incluso un recuerdo molesto de gordura, un rastro de lo que quizá había sido un triste período de su vida en el que no se había gustado a sí misma. Ocupó la otra butaca y bebimos el café en silencio, pero no me sentí incómodo debido a que ella no se mantuvo un solo instante quieta, y eso evitó las miradas tensas, la proximidad agobiante del extraño que bebe café sin hablar. Parecía necesitada de realizar pequeñas cosas continuamente: se pasaba una mano por el pelo, se incorporaba y echaba un vistazo a su compañero, se levantaba y miraba por la ventana, volvía a sentarse... Por fin, buscó en la estantería, donde se amontonaban libros y discos, y cogió un paquete de tabaco y un mechero.

–¿Quiere?

–No, gracias. No fumo.

Encendió un cigarrillo, pero no regresó a su asiento y permaneció de pie junto a la mesa, fumando, expulsando el humo hacia arriba, peinándose con los dedos enérgicamente –pensé que quería secarse el pelo a base de rabia–. Eludía mis ojos pero sin interés, como si yo no estuviera. Tampoco parecía importarle mucho el joven.

–Os vi el viernes pasado en el cine –dije–. Viendo *La quimera del oro*.

–¿Ah, sí? –aspiró intensamente el humo y lo expulsó con rapidez–. ¿Vas también por la Filmoteca?

No se me pasó desapercibido que había comenzado a tutearme sin transición, como si el hecho de mencionar el cine hubiera estimulado su afecto.

–Era la primera vez que iba. He pedido que programen dos películas.

–Sí, está bien eso de la programación a gusto del público, ¿verdad? Con nosotros llevan ya un ciclo completo de Charlot...

–¿Las pedisteis vosotros?

–Las pidió Alfred. Le encanta Charlot. ¿Más café?

–No, gracias.

Me di cuenta de que me observaba sin hacerlo, esto es, con disimulo: de vez en cuando nuestras miradas se cruzaban fugazmente, y la sorprendía vigilándome tras haber dejado de mirarla durante un rato. Ignoraba si ella deseaba que me marchara, o, por el contrario, prefería que la acompañara hasta que el chico se recuperara del todo. Me pareció que quería ambas cosas, y que esa indecisión era lo que la ponía tan nerviosa. Opté por hacer lo de siempre: quedarme sentado y ver qué ocurría. Observé que también llevaba un tatuaje, pero en el bíceps izquierdo: un corazón de color blanco. Quiero decir, la silueta de un corazón dibujada con una fina línea negra: el fondo blanco era su propia piel. Diversas clases de pulseras se agrupaban en sus antebrazos. Lucía un curioso collar: una cinta de cuero con un nudo, atado al cual se hallaba un pequeño anillo metálico.

–Me gusta la lluvia –dijo de repente–. Voy a abrir la ventana. ¿Te importa?

–Qué va.

Permaneció un instante recortada contra el rectángulo gris oscuro –estaba anocheciendo– y el viento manejó su pelo un poco y agitó algunos mechones, como la caricia distraída que se le hace a un niño. Apoyó los codos en el marco y volvió a fumar. Observé la humareda oblicua escapar como un espíritu por encima de su cabeza, entre las gotas de lluvia.

En ese instante, él se despertó gritando.

Se incorporó en el diván como un resorte y gritó cosas breves e incomprensibles que me sobresaltaron como el sonido imprevisto de varios disparos.

–Alfred, calma –dijo ella sin entonación.

Coincidiendo con aquellas palabras –aunque no me pareció que las obedeciera–, él dejó de gritar y ocultó su rostro entre las manos.

–Te dio un ataque, Alfred. Este señor me ayudó a traerte a casa.

Entonces Alfred se movió, y sus gestos me parecieron fascinantes. Al menos, dignos de ser observados con detenimiento. En realidad no hizo nada raro: todo se redujo a poner los pies en el suelo –botas negras, como ella– y apartar las manos del rostro, pero, como digo, resultó fascinante. No puedo explicarlo: tendrían ustedes que haberlo visto. Quizá fuera la lentitud con que lo realizó: la manera de desprender los dedos de las facciones, tensándolas hasta mostrar el envés pálido de los párpados inferiores, como a veces hacemos cuando queremos asustar a un niño. Después nos miró, primero a ella, luego a mí, y aprecié la oscura intensidad de sus ojos.

–¿Quieres café? –ofreció ella.

–No –dijo. Seguía mirándome con fijeza.

–Me llamo Javier –dije–. Tú eres Alfred, ¿no?

Asintió. Le tendí una mano que atrapó con la suya. Tenía dedos largos y sensibles –temblor en las puntas, como mi «enfermedad del coleccionista»–, una palma gélida, unas falanges fuertes. La chica se presentó –se llamaba Gemma– pero no hizo ademán de continuar el saludo. Le repetí a Alfred lo que le había dicho a ella: que había estado el viernes pasado en la Filmoteca Soledad, y que los había visto en *La quimera del oro*.

–¿Sabes que se necesitaron más de quinientos técnicos para simular la nieve artificial en esa película? –me preguntó.

Su tono de voz no se correspondía en modo alguno con su figura ágil e inquietante: era suave, casi dulce, anodino en el conjunto de su persona, como si el silencio fuera su estado natural y el lenguaje una rara excepción.

–No, no lo sabía –respondí, intentando demostrar interés.

–Y lo más cojonudo es que el Chaplin lo controlaba todo, tío. Él... Él es la pantalla. Parece imposible. ¿Tú qué crees?

–Creo que te entusiasma Charlot.

Asintió varias veces con la cabeza. Al mismo tiempo, Gemma regresó a la ventana y la cerró, corrió los visillos y unas cortinas opacas, grandes, de telón de fondo –el anochecer se hizo más amplio–. Entonces volvió a cruzar

el salón y encendió la luz eléctrica del techo: dos bombillas ocultas en un plafón de cristal tallado.

–La verdad es que la sombra de un genio es terrible
–dijo Alfred de repente, como respondiendo a mi comen-
tario, y se volvió para mirar el póster de Charlot. La luz de
las bombillas se reflejaba en el vidrio del cuadro, sobre el
sombrero hongo. Entonces extendió un brazo y atrapó
con sus dedos largos el paquete de tabaco que ella había
dejado sobre la mesa, encendió un cigarrillo y fumó con
ansia, haciendo círculos en el aire con el humo, tan mo-
nótono como si estuviera solo, o como si supiera que no
podíamos dejar de mirarle. Aquella actitud me hizo pensar que, fuera lo que fuese el «ataque» que había sufrido,
no parecía haberse recuperado del todo.

–Así que tú también vas por la Filmoteca –dijo por fin.

–He ido sólo una vez. Me la recomendó un coleccionista de fotos de la calle Ballesta.

–¿Quieres café, Alfred? –preguntó Gemma de sopetón.

–Ya te he dicho que no, coño. Déjame en paz.

Ella hizo una mueca –enarcó las cejas, abrió los ojos, re-
sopló– y se pasó las manos por el pelo mojado. Luego reco-
gió mi taza y la suya y se marchó. Pensé algo curioso: que
ella poseía todo el movimiento y él todo el silencio. Era un
pensamiento extraño, y no sabía qué podía significar. Pero
un detalle aún más raro me intrigaba: me había parecido
que Gemma había hablado para distraer a Alfred e impe-
dirle conversar conmigo sobre aquel tema –la Filmoteca–
o desviar su atención. Ahora que él estaba despierto, era
como si ella se sintiera aún más nerviosa con mi presencia.
Ignoraba la causa de los temores de Gemma, pero estaba
dispuesto a averiguarla, y para ello me mantuve alerta, con
los ojos bien abiertos, intentando que nada se me pasara
desapercibido.

–¿Te gustan las películas mudas, tío? –preguntó Alfred de repente.

–No especialmente.

–Las películas mudas tienen una cosa, y es que parpadean continuamente. Las cámaras de entonces funcionaban con manivela y eso producía fotogramas separados, saltos, interrupciones, un bing-bing en los ojos, ya sabes; y si ves muchas, la cabeza te da vueltas y te entran náuseas, ahí está el problema...

–¿Eso fue lo que te pasó hoy?

–Sí. Llevo demasiadas películas de Charlot en el cuerpo, tío.

Lanzó otro anillo de humo hacia el techo y se quedó contemplándolo con seriedad.

–Es alucinante, colega –dijo tras una pausa–. Cierras los ojos y ves carreras, *slapsticks,* así se llaman en la jerga del cine, tartazos en la cara de los que dejan el merengue pegado a los ojos, persecuciones de policías, piruetas... Es... Es un mundo más rápido que éste, pero muy silencioso. Lo contemplas y te mueres de risa. Y entonces comprendes que la risa es seria –observé el repentino temblor de los dedos y los débiles parpadeos de sus ojos pequeños–. Charlot es el que más risa da. Y lo que mola es saber que está haciendo payasadas, tío, que es un payaso, que hace trucos, que su rostro es tan blanco y sus ojos tan expresivos y su bigote tan...

Gemma había regresado mientras Alfred hablaba, y continuaba recogiendo la mesa: agrupó las cajitas, abrió una de ellas para ordenar su interior –observé una fila de círculos en diversos tonos de gris y un pequeño pincel: útiles de maquillaje, pensé–, colocó una sobre otra con gestos rápidos, provocando un sonido como de fichas de dominó al golpear la madera, un curioso contrapunto a la suave y concisa voz de Alfred, y empezó a guardarlas en huecos libres de la estantería. Mientras tanto, Alfred proseguía:

–Gemma y yo hemos estudiado arte dramático, ¿se lo has dicho, Gemma? –ella dijo que no sin mirarnos–. No somos de Madrid, sino de más arriba, pero nos vinimos a vivir aquí para intentar entrar en la RESAD, tío. Lo que pasa es que el tema está jodido, colega: pocas plazas y mucha gente. Queríamos ser actores...

–¿Ya no queréis?

–No sabemos –se encogió de hombros. Entonces añadió algo incomprensible–: A veces se confunde la sombra con el cuerpo...

En ese instante perdí la visión. El saloncito desapareció en la oscuridad y las imágenes se disolvieron.

–Joder –escuché la voz de Gemma–. Cada tormenta pasa igual. La luz de este bloque es una mierda.

De improviso estalló un fulgor tras las rendijas de la cortina, como un espía que hiciera fotos con flas, y lo fijó todo de repente: retrató a Gemma de pie junto a mí, de perfil, vuelta hacia la ventana, las líneas de su rostro de color perla; congeló a Alfred sentado en el diván, una mano aún en la cabeza, la otra sosteniendo el cigarrillo; fabricó un molde de plata de mis propios brazos extendidos sobre los de la butaca. Un instante después, percibí la explosión de un trueno y, en absoluta concordancia, la dulce voz de Alfred:

–Ya sabes, Jean Cocteau dice que se encontró con Chaplin una vez, tío. Él no hablaba inglés ni Chaplin francés, pero se entendieron a la perfección: ambos eran muy expresivos, hacían muecas, gestos y tal, pero... –escuché su risita en la oscuridad–. Quién sabe. La anécdota es falsa, desde luego, porque Cocteau nunca se encontró con Chaplin, eso está claro, pero es verdad que los actores del cine mudo eran muy expresivos...

–¿Recuerdas dónde estaban las velas, Alfred? –dijo Gemma.

–No –contestó él, y siguió hablándome–. Los actores del cine mudo son algo así como la apoteosis de la imagen, ¿no te parece? Mueren en la oscuridad, a diferencia de nosotros, que seguimos sonando cuando no hay luz, como ahora... Si parpadeas muchas veces seguidas el mundo se te vuelve una ristra de fotogramas, y cada movimiento es un salto cómico... Prueba a hacerlo: se llama *efecto estroboscópico,* y es una clave para entender las cosas, un juego de la vista...

–Ya vale, Alfred –vi que Gemma abría las cortinas–. Estás nervioso.

Otro resplandor volvió a pintarnos. Gemma era la silueta más fuerte, de pie frente a la ventana; Alfred, con el cigarrillo en los labios, me miraba; mis piernas se hallaban cruzadas, las rodillas brillantes por el fogonazo de fósforo. El trueno fue casi simultáneo: teníamos la tormenta sobre nosotros.

–El cine es un misterio, tío –dijo Alfred entonces.

–¿Por qué un misterio?

De repente estalló otro relámpago: un terrible estruendo y un torrente cegador de luz a través del cristal, como si el origen de aquella explosión se hallara en el propio resplandor al cruzar la ventana. En exacta coincidencia, la sombra de Alfred –su rostro quieto durante una fracción de segundo, los ojos clavados en los míos desafiando la oscuridad– se acercó a mí.

–¿No conoces el... de los... filos? –escuché.

El trueno me había impedido entender la pregunta. En ese instante volvió la luz. Gemma, de pie junto a la ventana, dijo:

–Vaya.

Alfred me guiñó un ojo. Lo contemplé desconcertado. Era evidente que había querido decirme algo sin que Gemma lo oyera. El largo silencio que surgió tras el regreso de la luz me confirmó aquella misteriosa impresión. Gemma volvió a cerrar las cortinas y Alfred siguió fumando como si tal cosa. Tuve una idea: me levanté de improviso, intenté mostrarme natural y consulté el reloj.

–Creo que debo irme –dije–. Gracias por todo.

Mi plan dio resultado con maravillosa rapidez: ni siquiera tuve que recordarle a Gemma mis objetos personales –el paraguas y el impermeable–. Ella misma se alejó un instante del saloncito nada más oírme, y eso me permitió una pequeña intimidad con Alfred. Le hablé en voz baja, mirando de reojo hacia la puerta para anticipar el regreso de Gemma:

–¿Qué me preguntaste?

–¿Qué te pregunté cuándo? –expulsó otro aro de humo lento del que tuve que apartarme. Su indiferencia me exasperaba. Recordé aquella escena de una antigua película de dibujos animados en que la niña habla con un enorme gusano fumador y se impacienta también, porque todas sus respuestas son absurdas.

–Hace un momento, antes de venir las luces.

–Ah, el secreto de los cinéfilos –repitió, y esta vez sí lo entendí, aunque no sabía lo que significaba.

–¿Qué es eso?

Percibí la sombra de Gemma regresando con el paraguas y el impermeable. Alfred había vuelto a guiñarme el ojo y seguía fumando con lentitud. Supe, ahora con seguridad, que delante de ella no se podía tocar aquel tema. Me puse el impermeable, cogí el paraguas y dije, con fingida naturalidad:

–Bien, gracias por el café. Y encantado de conoceros –y me volví hacia Alfred para añadir, significativamente–: Hasta otro día.

–Ya sabes dónde vivimos –dijo Alfred–. Ven cuando quieras y hablaremos de cine.

Diez

En el hospital, todos muy amables. Las paredes blancas, los mostradores blancos, las baldosas blancas. Lo que no es blanco es transparente. Nos atiende una simpática enfermera. Parece un ángel. «¿Quién es el que está malito? ¿Tú?» «Sí», responde Javi sonriendo, y ella refleja su sonrisa y mi pensamiento, porque dice: «Es un ángel, qué rico es», y nosotros –Andrea y yo– sonreímos. A la simpática enfermera le agrada la sonrisa de Javi. «¿Y qué te pasa?» «Tengo fiebre.» «Vaya por Dios.» Todo destella en el hospital: pasillos, sillas de ruedas, miradas de enfermos, dientes, uniformes. «Esperad aquí, por favor. El doctor Fortes vendrá enseguida.» Hay que rellenar algunos impresos y responder algunas preguntas. Me encargo yo mientras Andrea se queda con el niño. Relleno todos los impresos, respondo todas las preguntas y hago algunas. «Eso tendrá que preguntárselo al doctor Fortes», me dicen. Hay cierto contagio –qué mejor lugar que en un hospital– en el tiempo: porque todo es lento, muy lento, hasta que todo se vuelve rápido, y entonces todo es demasiado rápido –monotonía en ambas escenas–. El doctor Fortes tarda tanto en venir que empezamos a ver espejismos. Por ejemplo: un doctor que no es él –«Guzmán» es el nombre en letras de molde que lleva bordado en la pulcra blancura de la bata– se asoma a la sala de espera buscando a alguien que no somos nosotros, y nosotros, sabiendo que no es Fortes, preferimos creer que sí lo es y que somos nosotros a quienes busca. Pero nada sucede en coincidencia con nuestros deseos o nuestras miradas, y lo que esperamos en la sala de espera no llega nunca, ni siquiera cuando llega, quiero decir que no experimento la sensación de que algo finaliza y comienza otra cosa cuando la enfermera dice que el doctor Fortes ya ha venido y nos aguarda en la quinta planta. Subimos en un ascensor amplio, plateado y silencioso cuyas paredes reflejan los colores de nuestra ropa: el zigzag castaño de mi gabardina, la pálida oscuridad del traje gris de Andrea, el rojo luminoso del jersey de Javi. Llegamos a un lugar que huele a medicinas encerradas y en el que todo contiene más silencio. Caminamos por un largo pasillo blanco que traiciona la perspectiva y entramos por fin en el despacho del doctor Fortes, donde huele a esencia de flores pero adrede: como la de los ambientadores de los cines de barrio.

El doctor Fortes es bajito y robusto, tiene una nariz pequeña y partida y un bigote compacto, breve y negro. No le hace fiestas a Javi, simplemente le sonríe. A nosotros ni siquiera nos sonríe, habla atropelladamente y se interrumpe después de cada frase. Da la impresión de que su boca es demasiado pequeña para las palabras y prefiere soltarlas con rapidez, aun a riesgo de no ser comprendido. «No sabemos nada, todavía no sabemos nada. Le repito, señora, que no sabemos lo que tiene el chico, le haremos pruebas, ya lo veremos, de acuerdo.» Finaliza siempre con un «de acuerdo» que no parece ni pregunta ni respuesta sino casi un estribillo. Cuando se ausenta un instante, le hablo a Javi al oído: «Pórtate bien, porque este doctor es boxeador en sus ratos libres». «¿Y cinturón negro de karate?» «Sí, y sabe judo, esgrima y es medalla de oro en tiro al blanco.» «¿Y kung-fu?» «Kung-fu, jiu-jitsu, rugby, piragüismo, natación y pesca submarina.» Javi sonríe hasta reír, y sólo deja de reír para sonreír, y su sonrisa de siempre extingue la risa momentánea, y Andrea pone orden y guardamos la compostura. «Pero todo eso en sus ratos libres –le digo a Javi al oído–: su verdadera profesión es la de astronauta.» «¿Y médico?» «Eso sólo cuando está de vacaciones.» Javi vuelve a reír, y Andrea pone orden y guardamos la compostura.

El doctor Fortes regresa tan de improviso que nos asusta. Dos simpáticas enfermeras lo acompañan. Instalan a Javi en una habitación preciosa, toda para él, con una cama blanca y limpia y unas paredes también blancas sobre las que caminan sin moverse Donald, Mickey y Pluto. «Habrá que traer a Akira», le digo a Javi al oído. «¿Y al Vengador?» «El Vengador ya ha venido.» Los ojos de Javi brillan. Apenas lleva aquí unas cuantas horas, y Javi ya tiene ojos de hospital.

La ventana de la habitación de Javi es de marco metálico, doble hoja, un picaporte en el centro, dividida con exactitud por una persiana de plástico con listones verde manzana que desvían la luz según su posición: hacia arriba, lanzándola al techo, que se incendia, o hacia abajo, oscureciendo las paredes. Junto a la ventana, los colores inverosímiles de Donald en traje de marinero, con los grandes ojos abiertos, la sonrisa en el pico amarillo. Mickey bosteza en la pared contigua, la de la cabecera. Debajo hay un pequeño crucifijo dorado. Frente a la cama, el ojo ciego de un televisor portátil montado sobre una mesita con ruedas bajo la rúbrica metálica de una pequeña antena; el mando a distancia es muy manejable, con teclas de colores. La pantalla, aun apagada, es atractiva, con una débil semiluna en el borde –un reflejo– y un pequeño destello central, como una ventana que diera a la profundidad del océano. La mesilla de noche es tan pulcra como la cama, un bloque compacto de varios cajones que sostiene una jarra con las imágenes de Mickey, Donald y Goofy, un reloj digital –el de su verdadera habitación en casa, con la forma de un robot–, y varios tebeos. El robot da la hora con un parpadeo amenazador de luces blancas y rojas, y sus piernas y brazos pueden desaparecer, con lo cual se transforma en reloj por completo; en el centro de su corazón se hallan los números, que son de color rojo y ahora anuncian: 11:30, y el destello del *pm* –es un reloj de importación, norteamericano, y allí se acostumbra a mencionar el *am* y el *pm*, y el mes y después el día: las coordenadas justas que señalan la primera noche de Javi en el hospital–. En el lado opuesto, la impávida delgadez de una barra metálica con ganchos en su parte superior para sostener botellas de suero que a veces burbujean como peceras. Es una habitación pero no lo es, porque en ella existen cosas como esta botella de suero que de vez en cuando burbujea, o un medidor de presión arterial grande y rectangular clavado a la pared, o esa absoluta ausencia de intimidad a través de la cual podemos contemplar a Javi sin necesidad de entrar: otra ventana, mucho más grande que la de la calle, un verdadero escaparate, necesaria para que las enfermeras puedan vigilar a los pacientes desde lejos. Es necesario vigilarlos continuamente, porque son niños.

Las pruebas se prolongarán durante varios días, nos lo han dicho hoy: sangre y radiografías, estudio de sus células, ver qué forma tienen, hacer fotografías de su organismo, contemplarlo por dentro. Andrea y yo hemos decidido turnarnos para no dejarle solo. Debo salir lo más temprano posible del trabajo, almorzar en casa, descansar un poco, venir por la tarde al hospital y quedarme toda la noche. Andrea estará desde el mediodía hasta que yo venga. Felisa puede completar el turno por las mañanas, cuando nosotros trabajamos y Laurita se va a la escuela. Los hermanos de Andrea ya se han ofrecido. Mi prima Luisa, a la que no veo desde la primera comunión de Lauri Laurel del Desierto, también. «Lo importante es que no se quede solo –me ha dicho Luisa por teléfono–, que él pueda vernos y nosotros a él.» Lo importante es verlo, en efecto, aunque sea a través de la gran ventana rectangular del pasillo: sentarse frente a ella en una butaca y contemplar a Javi en el interior de la habitación.

Esta tarde se lo llevaron para hacerle una prueba y la habitación sufrió un cambio. Lo percibí en seguida, porque suelo contemplarlo todo con detenimiento. Supe que, en su ausencia, la habitación se transforma. Con la de casa también ha ocurrido, pero en ésa apenas entramos ahora. El cuarto de un niño es diferente cuando el niño no está. Los dibujos animados se desaniman. La colcha de colores se oscurece. Los tebeos desparramados se convierten en suciedad. Los juguetes en el suelo... Pero no vi ningún juguete cuando Javi se fue. Si Javi no está, los juguetes en el suelo son invisibles. Nadie ve los juguetes en el suelo cuando el niño se ausenta: hay que tropezar con ellos para percibirlos –un golpe al balón

de colores, la débil presencia de un soldado de plástico–. Si los juguetes se ven, es que el niño está.

Javi vino cansado de la prueba, y apenas me descubrió:
parecía mirar con sus labios, que se separaban al sonreír.
Después de la cena, encendió el televisor con el mando a
distancia y contempló las imágenes sin voz mientras sus
párpados descendían como telones lentos. Cuando por
fin se durmió, me resultó fácil hurtarle de entre los dedos
el mando a distancia. Antes de apagar la televisión, observé un instante la pantalla: varias ancianas lloraban,
soldados con trajes de camuflaje y grandes rifles corrían
encorvados, una explosión silenciosa destrozó algunos
edificios, un locutor movió los labios sonriente, mirándome sin verme.

Once

Pero, decididamente, lo más importante de todo esto es mi narración. Estoy seguro de que mi narración es lo que más les interesa a ustedes.

El sábado regresé a la tienda de la calle del Pez y me encontré con el viejo que se parecía a Borges. Como había sido él quien –sin proponérselo– me había iniciado en el delicado misterio que constituye la médula de esta historia –a través del coleccionista de Ballesta–, decidí abordarle.

Hay miradas que son oscuras como casas antiguas rodeadas de árboles: el viejo que se parecía a Borges tenía una mirada así. Por lo demás, nunca cambiaba: el escaso pelo blanco peinado hacia atrás, las cejas frondosas, las fosas nasales amplias, las orejas también, vello apuntando en ambas, siempre trajes grises, las puntas del pañuelo sobresaliendo de un bolsillo superior, alfiler de corbata, camisa con un atisbo de rayas, el bastón antiguo y rígido. Sus hábitos de coleccionista tampoco variaban: todos los sábados por la mañana visitaba la tienda de Pez más o menos a la misma hora que yo. Era el único local donde coincidíamos. Nos situábamos frente a frente, él rastreando a su actriz preferida –Greta Garbo– en los ficheros del cine mudo y yo a la mía en los del cine moderno. Pasaban las semanas y ninguno de los dos encontraba novedades. Eso era todo lo que sabía sobre él. Eso, y que su mirada inquietaba más allá de lo esperable: la había depositado en la mía en varias ocasiones, por azar, lo cual me había permitido comprobarlo. Era fácil percatarse de que se trataba de un hombre acostumbrado a ver, porque el uso intenso y profundo de los ojos los transforma en algo más fuerte, como los músculos.

Aquel sábado, además, supe algo nuevo: se hallaba nervioso.

Llegó a la tienda cinco minutos después que yo, con su porte distinguido de siempre, y empezó a buscar en su zona, frente a mí. La intranquilidad rejuvenece: sus labios y mejillas parecían contener más sangre, la levísima tensión de sus facciones extinguía algunas arrugas, la agilidad de los dedos al pasar las fotos era infalible. Me dio por pensar que había venido para representar su papel de todos los sábados –buscar nuevos clichés de su adorado ídolo– pero que las fotos eran lo que menos le interesaba en aquel momento. Me pregunté qué podía ocurrirle. Al cabo de unos diez minutos de búsqueda, se dirigió al gordo, mantuvo una brevísima conversación con él que no pude escuchar y salió bruscamente de la tienda. No tardé en seguirle y lo alcancé a pocos pasos, en la acera. Entonces le dije algo que después, durante el recuerdo detallado de lo ocurrido, me hizo sonreír:

–¿Sabe quién soy? Nos vemos cada sábado en esta tienda.

Otra vez recibí su mirada profunda. Pareció sobresaltarse más de lo que yo esperaba, pero al instante siguiente ya había recuperado toda la raigambre de su expresión.

–Sí –dijo. Su voz no parecía anciana: era firme y baritonal.

–¿Para dónde va usted? ¿Para San Pablo? –la pregunta sobraba, porque él ya había tomado la dirección de la Corredera Baja–. Yo también. Lo acompaño.

No me respondió, aunque tampoco demostró que le molestara mi presencia. Caminamos minuciosamente por Pez hacia la Corredera Baja de San Pablo. Cruzamos frente al teatro Alfil, y el viejo se detuvo a examinar una cartelera acercando mucho el rostro. También atrajo su atención un menú desplegado en el ventanal de una vieja taberna, sobre un mantel a cuadros rojos y blancos. Decidí no perturbar su lentitud ni su silencio, y me moví a su ritmo, deteniéndome cuando él lo hacía, sin hablarle. Caminaba con cierta cojera que el bastón ayudaba a enaltecer, pero era de esos defectos que parecen más bien de todo el cuerpo, o al menos de una de sus mitades, y no sólo de la pierna, porque alzaba el pie malo, le daba un giro breve antes de apoyarlo de nuevo y balanceaba a la vez las caderas con un gesto que me pareció que le ofendía de alguna forma. Sin embargo, su rostro se mantenía orgulloso y alzado, tanto que pensé que su cabeza hacía esfuerzos por escapar de aquel tronco enjuto y mímico. Durante un extraño momento incluso me pareció que se imitaba a sí mismo, que exageraba su condición hasta convertirla en símbolo de un anciano de férreo carácter a quien la enfermedad del cuerpo no ha logrado doblegar. Tan convencido quedé de su actuación que me puse a contemplarlo admirado hasta que mi interés me pareció impertinente. Un viejo que es capaz de simularse a sí mismo también es capaz de mentir, pensé. No obstante, ya precavido, decidí comenzar a interrogarlo sin más preámbulos.

–Creo que le vi a usted hace varias semanas por la calle Ballesta. ¿Ha visitado al coleccionista de allí?

Inclinó la cabeza, como para oír mejor.

–¿En la calle Ballesta? Pues no sé...

–¿Tampoco conoce la Filmoteca Soledad?

–Perdone, pero no sé –volvió a decir. Parecía coordinar la voz con la respiración de tal manera que los jadeos eran como ruido de fondo: se me ocurrió pensar en una de esas voces de los grandes del cine mudo, tan esperadas durante las primeras películas sonoras, mal grabadas y mal reproducidas.

–Hay un coleccionista particular de fotos antiguas de Hollywood en la calle Ballesta –insistí– y un responsable de la programación de películas a gusto del público en la Filmoteca Soledad. ¿No conoce a ninguno de los dos?

–No sé de lo que me habla. Perdone.

–Me habré confundido –dije, cambiando de táctica–. En todo caso le aconsejo que visite alguna vez a ese coleccionista. Es un señor que se especializa en fotos de artistas de la época dorada de Hollywood, ¿sabe? Seguro que tiene novedades de la Garbo...

Me miró fugazmente y en su rostro advertí un enfado tenue pero creciente, como si le hubiera ofendido aquella mención vulgar, sin previo aviso, de su actriz idolatrada. Jadeaba con más fuerza, pero eso también podía ser porque avanzábamos ahora por San Pablo hacia la plaza de San Ildefonso, y en esta dirección la calle es cuesta arriba. Una mujer se asomó repentinamente por un portal, como si se hallara emboscada, y arrojó a la acera el agua gris de un balde. El líquido comenzó a deslizarse por el desnivel hacia nosotros, rodeando los pivotes negros del bordillo, ganando terreno con todo el suspense que sólo una lengua de agua es capaz de crear cuando avanza. En unos cuantos segundos la tendríamos bajo nuestros pies.

–Así que un coleccionista en la calle Ballesta –dijo el viejo–. Muy bien. Lo tendré en cuenta...

Y en ese instante su rostro se contrajo, las mejillas menguaron de color, los ojos semejaron los del sueño cuando giran frenéticos bajo los párpados al ritmo de una pesadilla y sus jadeos sonaron a queja. Su mano izquierda viajó hasta el nudo de la corbata al tiempo que la derecha abandonaba el bastón contra la pared –tuvo cuidado de no dejarlo caer, como si no quisiera renunciar a la elegancia a pesar de todo– y se introdujo en un bolsillo interior de la chaqueta. En exacta coincidencia, el agua que se aproximaba cazó nuestros pies, nos sitió los zapatos con sus ribetes de espuma sucia, amenazó el equilibrio del bastón y siguió avanzando pendiente abajo. Dos mujeres que arrastraban carritos de la compra la eludieron caminando por el asfalto y nos miraron con curiosidad al pasar. El viejo había conseguido sacar por fin un pañuelo cuidadosamente doblado, que abrió con manos temblorosas. En su interior había una mínima píldora, céntrica y solitaria como una joya, que cogió y depositó en la boca, bajo la lengua.

–¿Llamo a un médico? –le pregunté.

Me dijo que no con varios gestos violentos. Respiraba con fuerza por la nariz y movía mucho la boca, como si chupase un caramelo. La mano izquierda había logrado desabrochar el botón del cuello y aflojar el nudo de la corbata, y ahora apretaba su pecho como para extinguir un terrible dolor. De nuevo tuve la extraña sensación de que exageraba, de que actuaba. Sus gestos eran tan fascinantes como los de Alfred, sólo que en este caso la interpretación parecía menos sofisticada, ya que imitaba un ataque al corazón lleno de tópicos –como si dijera: «Mira qué ataque al corazón me ha dado de repente; observa qué sufrimiento, qué sudor repentino, qué mirada agónica, qué terribles segundos hasta que he logrado depositar la pastilla bajo la lengua»; en las películas de los años cincuenta hay escenas así–. Pensé incluso que iba a morirse allí mismo: una muerte absurda, improvisada, en plena cuesta de San Pablo, sobre el agua sucia de una fregona, en el exquisito instante en que sus labios iban, por ejemplo, a revelar la clave de algún misterio.

Un grupo no muy nutrido de espectadores nos contemplaba con curiosidad, aunque, naturalmente, casi todas las miradas se dirigían al viejo –muy pocas hacia mí y apenas ninguna hacia el agua gris que seguía fluyendo a nuestros pies–, aguardando el fatal desenlace de un momento a otro. Pero era evidente que el enfermo se recobraba, así que muy pronto perdieron el interés y siguieron su camino. Una bicicleta de repartidor se deslizó calle abajo desde la plaza haciendo sonar su timbre con alegría.

–¿Se siente mejor? –dije.

Abrió los ojos y pareció hacer acopio de toda su dignidad. Rechazó, con gestos corteses pero firmes, mi intención de ayudarlo a moverse sosteniéndolo de un brazo. Cogió el bastón y continuó avanzando a solas hacia San Ildefonso. Cuando habló, lo hizo entre dientes –quizás por la molestia de la píldora– y muy despacio, pero ya no advertí el nerviosismo que lo había dominado momentos antes:

–Lamento el susto. A veces me ocurre. Me han explicado que esto es como los rayos: si los ves, es que no te vas a morir –sonrió levemente.

Tuvimos que avanzar en fila india bajo un palio de soportes metálicos, un pasillo estrecho de barras y maderas junto a una fachada en obras. Llegamos a la iglesia de San Ildefonso. Enjambres de palomas y gorriones la asediaban. El viejo se apoyó en el bastón para subir los dos peldaños de la escalinata de entrada. Un hombre recostado a la sombra del vestíbulo alzó una jarra de metal con algunas monedas y dijo: «Por caridad». El viejo lo ignoró y avanzó hacia la oscuridad.

Cerré los ojos y los abrí un instante después. Había lámparas de araña colgando del techo, un Cristo crucificado a mi derecha y una mujer madura –cabellos de peluquería reciente y amplísimo trasero– acariciando sus pies y los clavos que los penetraban. Delante del crucifijo se hallaba un tablero con hileras de velas eléctricas de color rojo que parpadeaban. «50, 100, 200 pesetas» estaba escrito en un rectángulo sobre una ranura, en el borde.

Pero el viejo se dirigió hacia una pequeña capilla a la izquierda de la entrada. Era una habitación de paredes desnudas, iluminada por tubos fluorescentes. Una Virgen de largo manto azul celeste reposaba sobre una repisa: su rostro era bello y enigmático, de pómulos altos y pestañas curvas y negras como los postizos de algunas actrices. El viejo inclinó la cabeza y trazó sobre su pecho la señal de la cruz. Ambos nos dedicamos a contemplar a la Virgen en silencio. Al cabo de un rato, el viejo dijo:

–Suelo venir por aquí más por beneficio del corazón que del alma. Es un lugar tranquilo y silencioso, como los cines viejos. Ahora hay demasiado ruido en el mundo.

–¿Ya se encuentra bien del todo?

Me respondió afirmativamente y después guardó silencio. Aquella pausa me hizo mirarlo. Percibí que sus ojos oscuros me devolvían el examen en detalle.

–Perdone que no quisiera hablar con usted antes –dijo–, pero las informaciones que me ofrecen en la tienda de la calle del Pez son confidenciales. Y yo pago por ellas.

–Lo siento. No sabía...

–No importa. La verdad es que mi pasión me ha llevado demasiado lejos –lanzó un suspiro y levantó la mirada hacia la Virgen.

–La pasión nos lleva siempre demasiado lejos –repliqué.

Volvió a observarme. Creo que valoraba la posibilidad de confiar en mí por completo, como había hecho Alfred. Los apasionados, los que adoramos imágenes, somos todos iguales, no importa la edad que tengamos.

–¿La ha oído decir «Alexei» en *Ana Karenina*? –murmuró de repente–. Tan sólo eso: «Alexei». ¿La oyó?

Sabía que me hablaba de su ídolo. Le dije que no había visto esa película.

–Hay un primer plano irrepetible en el que ella inclina la cabeza a un lado, así –imitó el gesto–, y pronuncia el nombre de su amante: «Alexei». Eso es todo. Véalo en la versión original, por supuesto, y dígame después si esa hermosura no es terrible.

Imaginé la mirada de la Garbo iluminando la pantalla, sus ojos cansados, melancólicos, tristes por derecho propio, su belleza remota y congelada. El viejo prosiguió:

–Pero no es sólo su voz, no sé explicarle... No es sólo su voz, ni su rostro...

–Sé lo que quiere decir. Es todo: su voz, y su semblante, y el gesto, y las luces. Es la imagen.

–Sí, eso es –asintió con lentitud–. La imagen. Recuerdo que pasó cierto tiempo antes de que la oyéramos hablar en la primera película sonora de su carrera. Fue a comienzos de los treinta, y se titulaba *Anna Christie*. Ella ya había protagonizado más de una decena de largometrajes mudos y éste era su primer *talkie*. Había una enorme expectación por escuchar su voz, como podrá usted imaginarse. ¡La voz de la Garbo! ¿Cómo será la voz de la Garbo?, se preguntaba la gente. ¿Seguirá conservando su hechizo cuando la oigamos hablar? Yo era un adolescente en aquella época, pero mi padre ya me había inoculado el veneno de la adoración. Le juro que me devoraba la ansiedad cuando asistí al estreno de *Anna Christie*. Sin embargo, al oír su primera frase me sucedió algo que jamás hubiera podido sospechar: me asaltó el escalofrío del reconocimiento, porque era como si ya hubiera escuchado antes aquella voz. Y lo mismo pensó mi padre: ya la habíamos oído. Comprendí que su imagen nos había hablado desde el principio, sin necesidad de palabras. Es la imagen siempre, en efecto. Y algo más, casi doloroso: su misterio. Me he preguntado muchas veces quién supo reconocer por primera vez ese misterio en ella. Y he llegado a una conclusión que sin duda le sorprenderá: nosotros. Me refiero a los espectadores. No aquellos que la enfocaban con las cámaras. No aquellos que maquillaron sus ojos hasta el punto de que parecían manchar cuando miraban. No aquellos que pintaron sus labios y empolvaron sus mejillas. No los que la vistieron ni los que decoraron los lugares por donde paseaba su silueta. ¡Ni siquiera ella misma! Lo más terrible de todo es que nosotros somos los creadores de lo que deseamos. Es por eso que yo la vi antes de verla y la oí antes de oírla, y, cuando la vi y la oí por primera vez, lo único que hice fue recordarla como una melodía ya olvidada que volviera a escuchar después de mucho tiempo. Pero una melodía compuesta por mí.

Se detuvo y puso ambas manos en el pomo del bastón.
Sus ojos seguían fijos en la figura de la Virgen, mejor dicho, en su pequeño rostro de madera, atenazado de sedas
y encajes, solitario y hermoso en su modesta blanquinegrura. Prosiguió:

–He estudiado Filosofía, y durante un tiempo la enseñé. ¿Ha leído el *Fedro* de Platón? La verdadera belleza es
el recuerdo de algo que vimos y hemos perdido, el resplandor de la belleza pura que alguna vez contemplamos
junto a los dioses, antes de nacer. Al percibir ese resplandor en este mundo, recordamos aquella visión y nos es-
tremecemos. Todo eso es correcto. Platón hablaba de
proyecciones, de imágenes de luces y sombras en una caverna oscura, reflejos de la perfección de las cosas –hizo
una pausa y sonrió–. En realidad, Platón hablaba de
cine. Naturalmente que él no sabía que sus teorías se re-
lacionaban con el cine, pero lo hubiera sabido de haber
vivido años después de la invención de los Lumière: una
proyección de la imagen ideal de los objetos en una caverna oscura.

Hizo una pausa. Empecé a escuchar el sonido aflauta-
do, creciente, de un órgano. El viejo dijo entonces lo más
extravagante de todo:

–Me he pasado la mitad de la vida creándola. Después
la soñé. Es justo que ahora la encuentre, ¿no?

Y, sin aguardar ninguna clase de réplica, volvió a santi-
guarse y salió de la capilla. Lo seguí. El sonido del órgano
creció con nuevas voces. Sin duda estaba a punto de empezar la misa, ya que el altar se encendió de blanco y la figura enjuta y negra de un cura apareció por un lateral y
comenzó a iluminar las velas una a una. Observé al viejo:
se situó de pie en uno de los últimos bancos. Su mirada
brillaba; en su rostro perduraba una reminiscencia de

dolor, una expresión casi mística, como la de quien ha pasado frente a la muerte con los ojos abiertos.

–¿Va usted también por la Filmoteca Soledad? –pregunté.

Me observó de reojo. Su frente relumbraba de sudor.

–Me he abonado a las sesiones especiales –dijo en voz muy baja–, ya sabe... He pedido veinticuatro horas. Este domingo he visto doce veces *Ana Karenina*...

Me quedé sin habla. ¡Ver la misma película doce veces seguidas! Pensé que bromeaba. Además, en la Filmoteca no me habían hablado de aquellas sesiones.

–Cada uno lleva su cruz –dijo mientras el sonido del órgano se extendía–. Usted también, me imagino...

–Sí, yo también.

–¡Qué maldición ésta! A veces no desearía sufrir tanto. A veces desearía hacer algo, no sentarme en una butaca y mirarla en silencio. A veces quisiera... rebelarme. ¿Comprende?

–Sí.

–Pero ella juega con ventaja: está allí arriba, enorme, en la pantalla, y repite los mismos gestos y habla con la misma voz de sirena, y vuelve a atraparme, tan perfecta... –su semblante había enrojecido. Parecía estar a punto de echarse a llorar–. ¡Si al menos no fuera sólo luz! Pero sólo es luz, amigo mío, y yo extiendo las manos y no puedo tocarla...

Yo creía comprender lo que me decía, y lo compartía plenamente. Era su voz, pero se trataba de mis pensamientos. El órgano lanzaba escalas poderosas, destellantes como objetos visibles, como un tesoro desparramado sobre nosotros. Entonces el viejo se volvió hacia mí, más tranquilo, y dijo:

–Bueno, ¿y cómo se llama la suya?

–Jodie Foster.

–No me suena. ¿Es moderna?

–Sí.

–El cine moderno no me interesa. Y disculpe usted, porque no quiero ofenderle. Pero tenga en cuenta mis años...

Me apresuré a tranquilizarle.

–Conozco a un joven que se apasiona por Charles Chaplin –dije. El viejo me devolvió la sonrisa–. No importa la edad: lo que importa es nuestra pasión.

–Es cierto eso –convino–. Realmente, ni siquiera importa la actriz o el actor que nos guste. Es algo parecido a lo que sucede con la fe: para los que tenemos verdadera fe, Dios es siempre el mismo, no importa la religión.

Un sacerdote vestido de blanco se había situado tras el altar. Era corpulento, de baja estatura. Hablaba con voz de barítono y lanzaba frases rápidas, sin inflexiones: «En el nombre del Padre, del Hijo y del Espíritu Santo». El viejo empezó a responder las oraciones y se olvidó de mí.

Salí de la oscuridad de la iglesia hacia la luz gris de la plaza.

Doce

Entro en la habitación a oscuras y pregunto en voz baja cómo está. «Sigue bien. Hoy le hacen la última prueba.» «¿No te han dicho nada aún?» Hay un breve silencio, una pausa. Andrea elude mi mirada, pese a que en la penumbra los ojos apenas existen. «¿Todavía necesitas que te lo digan? Tiene algo malo, estoy segura.» Enciende la luz de lectura de la cabecera de la cama y se vuelve hacia la pequeña noche de la ventana para encontrar un reflejo tenue de su rostro. Javi se ha despertado con nuestras palabras –no sé si ha oído a Andrea– y se restriega los ojos varias veces. «Hola, Vengador.» «Hola, papá.» Su cama está cubierta de *mangas* coloreados, y yo le he traído nuevos números en una bolsa. «¿Los últimos?», pregunta. Afirmo con la cabeza y su sonrisa se amplía. «¿Incluso el especial?» Afirmo con la cabeza y abro la bolsa, que viene repleta de tebeos. Javi se incorpora en la cama y comienza a examinarlos con voracidad, pero Andrea le pide que siga durmiendo. Javi obedece mansamente y apaga la luz. Se duerme enseguida, como acostumbra a hacer desde que está en el hospital, como si el sueño fuera ahora más importante para él que la vigilia. Entonces Andrea y yo nos dedicamos a recoger en silencio todos los tebeos de la cama y los apilamos en el suelo o en la mesilla de noche: forman columnas rectangulares llenas de color, pero resultan blanquinegras en la penumbra. «Felisa vendrá a las nueve», dice Andrea. «Procura descansar», respondo. La veo alejarse por el pasillo iluminado.

Me siento en la butaca y observo a mi hijo dormido.

Intento percibir todos los detalles: su pelo sobre la almohada, el rostro tan parecido al mío, pero delgado y blanco –ayer nos dijeron que tenía anemia–, los brazos enfundados en el pijama azul, los pliegues irregulares de la sábana. Pienso de repente que carece de sonido. Mi hijo, ahora, es sólo una imagen. Lo veo ahí acostado y me pregunto qué papel le han asignado en la vida. Pero mientras lo miro, se va yendo. Quisiera atraparlo de alguna forma, porque lo terrible es que se va más lejos a cada instante que pasa. Algo peor: que no logro comprenderle. No lo alcanzo: lo toco y lo beso, pero eso sólo es percibirlo. Sin sonido. Quizá podría ser mío en una pantalla –su imagen enorme–, pero ese cuerpo delgado y blanco se aleja más conforme más lo miro. Y yo sigo mirándolo y no sé de qué va, ni por qué está ahí, ni cuándo acabará de estar, o qué quiere decirme. Porque Javi, ahí, en la cama, debe de querer decirme algo, pero si no veo su propósito –que quizá esté dentro de él, como su enfermedad–, ¿cómo saberlo? Me siento abandonado frente a su imagen, no sé qué significa, y eso es atroz: todo lo que se ve debería ocurrir siempre por alguna razón, y nosotros, los que vemos, tendríamos que conocerla. Pero ignoro el porqué de su cuerpo ahí acostado, de su rostro tranquilo y ojeroso, de su presencia en esta habitación tan preciosa y transparente.

Necesito un narrador. Un narrador detrás de mis ojos, que me cuente a mi hijo.

Mi rezo debería ser: «Oh, Dios, cuéntame a mi hijo, por favor».

Trece

Pero lo que sí puedo y quiero contarles es mi narración –el misterio de la Filmoteca Soledad, de Alfred y Gemma, del viejo que se parecía a Borges–, que constituye, sin duda, la historia más entretenida que recuerdo, la que ustedes –reconózcanlo– prefieren sobre cualquier otra, aquélla que elegirían de entre todas las que me han sucedido.

Reconózcanlo.

Me hallaba en un bosque de pinos donde la neblina cortaba la base de los troncos. La música disfrazaba el canto de los pájaros y letras de molde negras ribeteadas de blanco brillaban como esquelas del tamaño de las nubes. La imagen se rompía para mostrar un terraplén oscuro y una cuerda. Ella se acercaba, al principio sólo su sombra, tensando la cuerda con las manos, su figura pequeña creciendo lentamente, el chándal del color del invierno orlado de sudor, el pelo corto atado en la nuca, el rostro –sus facciones perfectas– con la expresión del cansancio, un vaho de humo blanco entre sus finos labios sin pintar. Así comenzaba. Más tarde, la agente Clarice Star-

ling, del efe, be, i, descendía por una estrecha escalera, re-
corría un largo pasillo negro y llegaba, por fin, a la celda
donde le aguardaba el doctor Lecter. La habitación carecía de intimidad: una ventana rectangular permitía vis-
lumbrar su interior. Había un televisor, una cama pequeña y dibujos de diversos colores clavados en las paredes.
La agente Clarice Starling permanecía de pie contemplando al doctor Lecter a través del cristal. En la celda no
había más ventanas, pero esa única, tan grande, valía por
todas. El doctor Lecter miraba a la agente Starling sin
parpadear. No podían tocarse, pero sus voces perfectas se
escuchaban por los orificios del cristal. La imagen se
rompía, y Clarice Starling, agente del efe, be, i, penetraba
en una antigua cochera forzando la puerta metálica con
el gato de su automóvil y rasgándose hasta la sangre su
pantalón gris. En la oscuridad polvorienta del interior de
un viejo coche descubría un maniquí decapitado y una
cabeza humana en un frasco de cristal. Más tarde, la música cesaba, la negrura perdía fuerza y la pantalla aparecía por fin tal como era, como siempre había sido: blanca,
pulcra, rectangular, enorme.

   Aquel viernes acababan de proyectar la primera de mis
películas, *El silencio de los corderos*. Le había pedido una
entrada a la totémica taquillera, había obtenido el descuento tras mostrarle el papel, me había acomodado en
una butaca de pasillo con la sala relativamente vacía –pa-
rejas dispersas, algún hombre solitario como yo– y contemplado la película de principio a fin intentando parpadear lo menos posible, como hace el doctor Lecter en los
primeros planos, para no perderme ni siquiera los detalles más nimios. Pese a todo, la experiencia no me había
resultado muy diferente de otras. No me sentía ni más ni
menos feliz cuando la película terminó, no había encon-

trado ninguna extraña clave en sus imágenes ni me había
obsesionado con ellas, como, al parecer, le ocurría a Alfred con las de Charlot. Y fue pensar en Alfred lo que me
hizo desear verlo de nuevo.

Con esa idea, salí del cine y me dirigí calle arriba intentando recordar dónde vivía. No tardé en reconocer el oscuro portal próximo a Amaniel. Llamé al timbre varias
veces, no sé cuántas, estaba demasiado impaciente para
contarlas. Cuando ya empezaba a creer que no había nadie, la puerta se abrió un poco y el rostro de Alfred apareció tras ella.

–¿Me recuerdas? –pregunté.

Movió la cabeza varias veces, pero no en sentido afirmativo ni negativo: como si quisiera mirarme desde todos los ángulos.

–Sí, sí, sí –dijo, pronunciando cada «sí» en un tono diferente. Después se apartó de la puerta y desapareció.

Entré, cerré los ojos y los abrí. El saloncito estaba mucho más desordenado que la última vez. Los discos y libros se hallaban esparcidos por el suelo, los primeros sin
fundas –grandes círculos negros–, los últimos forrados de
blanco –a veces se hace eso para leer en público sin que
nadie sepa el título–. Ahora había también una almohada
sucia –blanca, con pisadas negras–y un plato de plástico
blanco con restos oscuros de comida. El cuadro de Charlot, que era sólo su fantasma entre la ropa, tenía el cristal
rajado, una herida diagonal que dividía el chaqué en dos
trozos asimétricos. La ventana se hallaba oculta por las
cortinas y la noche no se distinguía. Una bombilla sobre
una lámpara de mesa sin pantalla iluminaba desde el vela-
dor cubierto por el lienzo, y constituía la única luz de la
habitación. Las butacas de enea estaban volcadas, y los cojines del diván, blancos y negros, formaban en el suelo un

camino de mullidas baldosas. Alfred se recostó junto a ellos y se abrazó las piernas adoptando una postura fetal.

–¿Vienes del cine? –preguntó.

–Sí.

–Yo voy al cine –dijo.

Vestía la ropa negra de siempre. Estaba descalzo. Todo lo que no era su piel, blanquísima, en violento contraste con la ropa, era negrura: la sombra desaliñada de su barba, el tenebroso ojo del tatuaje, los suyos propios, rodeados de blancura entre las pestañas, o la oscuridad de las ojeras. Observé que se había pintado los labios de negro. La visión de todo lo que le rodeaba y de él mismo me hizo pensar de repente algo misterioso: que Alfred quería crear una escena en blanco y negro.

–¿Te han seguido? –preguntó entonces.

–¿Quién tendría que seguirme?

Chasqueó la lengua, movió los brazos y se estiró sobre los objetos que lo rodeaban. Después volvió a encogerse y a entrelazar las manos sobre las rodillas.

–Primero nos siguen, después nos controlan, y por fin nos atrapan –murmuró.

–¿Quiénes?

Se encogió de hombros, giró hacia el lado opuesto, como si durmiera intranquilo.

–No lo sé, pero son muchos.

–¿Te sientes vigilado?

–Sí. Por ti.

Me reí con torpeza.

–¿Y Gemma? –le pregunté.

Su mano derecha dibujó un arabesco en el aire.

–Viene y se va, como las pesadillas. Es incapaz de quedarse en un mismo sitio durante mucho tiempo. Desde luego, aquí no.

–Es comprensible –dije–. Tienes la casa patas arriba.

–No es eso. Es que estoy traspasando la ventana.

–¿Qué?

Se enroscó sobre sí mismo en el suelo y me dio la espalda sin responder. Los libros blancos y los discos negros crujieron.

–Alfred, ¿qué es el secreto de los cinéfilos?

Alzó un poco el rostro y me miró.

–Te diré una cosa –empezó a hablar lentamente, como si estuviera cansado o enfermo–. El cine es el mejor manicomio que hemos inventado después de siglos de putear la fantasía. Es infalible, tío. La prueba es que han logrado que alucinemos sentados, quietos, en silencio y sin molestar a los demás. Por si fuera poco, casi nadie huye, a pesar de que no estamos encerrados. Otra ventaja es que no nos creemos nunca lo que estamos viendo, por mucho que nos guste. Y otra grandísima ventaja es que nos vigilamos entre sí: si alguien incordia, los demás colegas lo mandan callar. Pero la mayor ventaja de todas es que compartimos durante un rato la misma alucinación, y eso sí que es bueno, porque lo peor de estar loco es lo solo que te sientes –hizo una pausa y agregó, desde el suelo, con los ojos cerrados–. Pásame los cigarrillos, por favor. Están sobre la mesa.

Caminé como si lo hiciera por encima de hojas de otoño: crujidos por todas partes, libros, revistas, discos de vinilo. A Alfred no parecía importarle que pisoteara sus pertenencias. Pensé que tampoco le importaría mucho que pusiera mis pies sobre su cuerpo; me diría cualquier agudeza poética del tipo de: «Soy una mierda, así que tú verás si me pisas o no». Le entregué un paquete de Fortuna arrugado que había sobre la mesa. Sus manos temblaron mientras lo cogía.

–¿Tienes fuego? –preguntó desde el suelo.

–No.

–Falso: todos tenemos fuego –sonrió. Intenté buscar algún encendedor, pero en ese momento lo vi llevarse dos cigarrillos a los labios y depositar uno en cada comisura, cilindros blancos entre sus labios negros, como absurdos colmillos–. Haré como que estoy fumando –dijo, y los cigarrillos temblaron con las palabras–. Es mucho más difícil que fumar de verdad.

Alguien, lejos pero cerca como un efecto sonoro, gritó desde la calle en ese momento. No descifré las palabras pero el tono era de insulto. Me acerqué a la ventana y aparté un poco las cortinas: distinguí en la acera la silueta clásica del borracho, creada por el círculo de luz de una farola. Llevaba chaqueta oscura con parches en los codos y el cuello de una botella parecía destellar en uno de los bolsillos. Insultaba a alguien a quien yo no veía, y que tampoco creí que existiera salvo en su mirada. El tópico de su figura, símbolo del borracho ideal, cinematográfico, me sorprendió tanto que quise comentarlo con Alfred, pero cuando me aparté de la ventana y me volví hacia él lo hallé realizando la mímica de fumar con ambos cigarrillos, recostado en el suelo todavía. Era una payasada, pero su agilidad le otorgaba categoría de payasada de circo: se llevaba un cigarrillo a los labios, expelía el humo invisible, se quitaba el cigarrillo al tiempo que se llevaba el otro, expelía el humo invisible, y así. Cuando notó que lo miraba, interrumpió aquella farsa y se quitó ambos pitillos de la boca.

–¿Sabes? Es curioso, tío: fingir que me fumo dos cigarrillos casi equivale a sentir que fumo uno de verdad. A lo mejor todo es cuestión de cantidad, colega. ¿Cuántas pajas hacen un total de joder con una tía? ¿Y cuántos sueños

equivalen a una muerte? –se echó a reír y me apuntó con
uno de los cigarrillos–. Te diré algo: en clase de drama te
enteras de que un actor debe morir lo menos cien veces
para que su muerte quede real, ¿lo sabías? No vale con ti-
rarse al suelo y ya está, ¿comprendes? Hay que caerse y
caerse y pegarse varias hostias hasta que todas esas caídas
juntas imiten una muerte de verdad, ¿no es curioso? Pero
escucha esto: un antiguo profesor de teatro que tuve me
dijo que la gran diferencia entre el teatro y el cine es precisamente la muerte. En el teatro tienes que morirte todas
las noches mientras que en el cine, con una sola vez que lo
hagas a gusto del director, ya vale. Y no creas que es broma. Hay otra diferencia: en el teatro vuelves a levantarte
después de muerto para salir a saludar al final, pero en el
cine no te levantas más nunca. Y otra grandísima diferencia: en el teatro te estás muriendo hasta que por fin te
mueres de verdad, y entonces ya no te mueres más; pero
en el cine te mueres incluso después de muerto, ya no dejas de morirte nunca, seguirás muriéndote hasta el fin de
los tiempos. ¿No se te hiela la sangre de saber que puedes
morirte sin cesar, una media de nueve veces cada tarde y
en distintos lugares a la vez, y que ni siquiera tu muerte
podrá impedirlo?

Hizo una pausa para sonreír y continuar con su absurda mímica. Los gritos del borracho no habían estorbado
la voz de Alfred, como si éste, a pesar de la suavidad de su
tono, llevara un micrófono oculto, de los que pueden ca-
muflarse a la perfección entre las ropas. Entonces volvió
a interrumpir sus gestos y dijo:

–Un colega que conocí hizo un montaje cojonudo de
las muertes de los actores en las películas. Lo grabó todo
en una cinta, ya sabes. Era una pasada, tío. Moría Charles
Boyer vestido con esmoquin. Moría Susan Hayward en la

cárcel. Moría Peter O´Toole. Moría John Wayne. Moría
Kirk Douglas, y Erich von Stroheim, y Richard Widmark.
Moría un extra que hacía de indio, entonces moría otro
que hacía de pasajero de avión, moría una muchedum-
bre, moría un bisonte, moría una serpiente, moría un insecto, moría un enfermo en un hospital, moría un vietna-
mita, moría un marciano y moría Jesucristo siete veces
seguidas, cada una con un actor diferente: unos dejaban
caer la cabeza hacia la derecha y otros hacia la izquierda
de la cruz, y la palmaban. ¿Sabes cuál era la escena final?

–No.

–La tomó de un largometraje de ciencia-ficción. Se
moría la Tierra, se moría la Luna, se moría el sistema so-
lar, se moría la galaxia y se moría el universo. Después había un fundido en negro.

En el silencio que siguió –ya no escuchaba al borracho–, Alfred me miró detenidamente. Agregó:

–El cine es un misterio terrible.

Percibí de reojo un movimiento en la pared. Descubrí
que era mi sombra, pero sólo una de ellas: quiero decir que
la bombilla desnuda de la lámpara la multiplicaba varias
veces, con la convexidad irregular del bigote de perfil.
Pensé que Alfred se preguntaría: «¿Cuántas sombras son
necesarias para que equivalgan a un cuerpo?». Deduje
que todo era cuestión de cantidad, en efecto, y que posiblemente Alfred quería decirme que ahí radicaba una de
las claves del secreto de los cinéfilos: ¿cuántos fotogramas
son necesarios para que equivalgan a una imagen móvil?,
¿y cuántas imágenes móviles equivalen a la realidad?, ¿y
cuántos pensamientos son iguales a un cerebro?, ¿y cuántas veces hay que ver una película para obtener lo que deseamos? Así hasta el infinito. Me mareaba. Tuve deseos de
echarme en el suelo junto a él: a veces las ideas son como

espejos frente a espejos y es necesario cerrar los ojos para
evitar el vértigo.

–Su bastón –murmuraba Alfred. Miraba fijamente el
cuadro de Charlot–. Sus zapatos. Sus pantalones anchos.
Su bombín. Nada de eso importa mucho, pero cada cosa
es imprescindible...

Era obvio, en mi opinión, que se hallaba bajo los efectos de algún tipo de droga: no sólo sus absurdas palabras
sino el temblor de la punta de sus dedos –tan parecido a
mi temblor de coleccionista– y el brillo de su mirada así
lo atestiguaban. Me asusté de repente pensando en la posibilidad de que, hallándome a solas con él, tuviera que
trasladarlo a un hospital o llamar a una ambulancia. Pero
al mismo tiempo me embargaba una misteriosa sensación, como cuando el viejo que se parecía a Borges había
tenido aquel dolor de pecho la semana anterior: la idea de
que nada de lo que ocurriese me afectaría directamente,
sino sólo desde lejos, a la distancia justa a la que se situaba mi mirada, y que las alucinaciones de Alfred, el dolor
del viejo, o el borracho que acababa de ver por la ventana,
eran creaciones tópicas, escenas ya repetidas aunque no
por ello menos emocionantes.

–Parece que puedes atraparlo, tío –proseguía Alfred–,
pero sólo es un chaqué vacío. Bajo su sombrero no hay
cabeza. Y cuando le das la espalda, sus zapatos te patean
el culo –lanzó una carcajada silenciosa, grotesca, sólo su
boca abierta, oscura, apenas una ligerísima valla de
dientes tras los labios negros–. Y entonces te das cuenta
de que el invisible eres tú, que tú eres el que rellenas tu
propia ropa con tu cuerpo de pedo, y que él, que sólo es
una apariencia, es más que tú...

Decidí interrumpir su absurdo monólogo.

–Alfred, no has contestado a mi pregunta –dije.

–¿Cuál era tu pregunta?

–Lo del secreto de los cinéfilos. ¿Qué es?

Por primera vez me pareció que abandonaba aquel juego de ingenios para hablarme con sinceridad.

–No puedo explicarte nada. Estoy demasiado confuso, tío. Cuando estás a punto de traspasar la ventana ya no eres capaz de pensar: solamente puedes ver –hizo un gesto con las manos abiertas antes de que lo interrumpiera–: tampoco puedo explicarte esto. Mejor, habla con Lázaro.

–¿Quién es Lázaro?

–Un colega. Ya traspasó la ventana y está del otro lado, así que él te lo explicará todo. El único problema es que no lo entenderás –añadió–. Pero a veces es preferible no entender un sonido a entender un silencio: por eso el cine dejó de ser mudo.

–¿Dónde vive Lázaro?

–En la muerte.

–¿Qué?

Volvió a sonreír. Parecía perder fuerzas mientras hablaba, como una imagen que se desvaneciera.

–Dile a Gemma que te lleve a verle. Habla con él antes de que sea demasiado tarde.

–¿Qué quieres decir?

Me agaché junto a él, intentando no perderme ninguna de sus palabras. Pensé que en toda película de misterio hay siempre una escena así: el personaje muere o se desmaya antes de poder revelarle al protagonista todo lo que sabe.

–Habla con él antes de que tú también lo entiendas pero tampoco puedas explicarlo –dijo muy despacio.

No pude meditar en el significado –si es que poseían alguno– de sus palabras, porque en aquel instante se abrió la puerta de la calle y apareció Gemma. Vestía mejor que la última vez que la había visto, quizá para compensar la situación decadente de Alfred: una cazadora negra engrandecía sus hombros, y ella, dentro, parecía mucho más débil y bonita, con su rostro sin maquillaje, el flequillo a punto de cegarla, las manos pequeñas y blancas. Traía unas bolsas que abandonó en el suelo, donde dejaron de importar.

–¿Qué haces aquí? –me preguntó apartándose el pelo de la frente. Traía consigo olor a calle y a frío, como un aura saludable y fuerte dentro de aquel espacio cerrado.

–He venido a visitaros.

–¿Te han seguido? –le preguntó Alfred desde el suelo.

–No. ¿Por qué no haces por levantarte, Alfred?

–Porque cuando muera costaré menos trabajo.

Ella se había quitado la cazadora y aparecido tal cual era –Alfred hubiera dicho que era menos que su apariencia–: siempre aquel leve recuerdo de gordura, tan triste y remoto como una flor hallada entre las páginas de un libro, sus senos proyectándose agradables bajo el jersey negro, la falda siempre hasta los tobillos, espantosas botas de soldado. Su sombra, distribuida por la bombilla, se extendió por las paredes y se unió a la mía en diversos tonos de gris.

–Lleva a Javier a ver a Lázaro, Gemma –dijo Alfred–. Le gustará conocerlo.

–¿Por qué le has hablado de Lázaro?

–Lázaro es un misterio, no un secreto –replicó él.

Gemma dio varios pasos por la habitación pisando con sus botas los libros y discos esparcidos, casi con saña, como si quisiera demostrarle que había hecho muy mal desordenándolo todo. Rodeaba su cuerpo hasta casi dibujarlo a base de pisadas.

–Esto parece una pocilga, joder –soltó un bufido–. Qué pasaría contigo si yo no estuviese.

–Que yo tampoco estaría, porque no habría nadie que me viera. Tú necesitas de mis ojos y yo de los tuyos.

Sin hacerle caso, Gemma empezó a recoger cosas del suelo, aunque me pareció que sin mucho ánimo, como si supiera que el orden ya era imposible. Me agradó aquella intromisión práctica en el discurso absurdo de Alfred y me puse a ayudarla con gusto. Él no se movió: continuó recostado de lado, las piernas encogidas sobre la barriga.

–¿Has traído roches? –preguntó él.

–No –dijo ella.

–Sin roches no puedo dormir.

–Tienes halcion.

–Sabes que no me hace nada.

–Apáñatelas.

–Las noches son como cines enormes, y yo necesito dejar de ver para dormir un poco...

–Basta ya, Alfred.

Siguió recogiendo cosas sin ordenarlas, trasladando los objetos al diván. Yo la imité. Me invadió la extraña fantasía de unos náufragos –Alfred el más débil– que intentaran achicar agua en una balsa a punto de hundirse.

–Además, está el silencio... Pero el silencio que no es del todo silencio: no hay palabras, pero se oye música...

–¡Ya basta, Alfred! –exclamó Gemma.

–Estoy traspasando la ventana...

–¡Alfred, cállate! ¡Y levántate de una puta vez!

Dejó caer los objetos que sostenía en el diván, con un gesto de furia. Pero la propia furia de Alfred, brusca, inesperada, se alzó sobre la suya.

–¡Quiero estar aquí! –gritó–. ¡Quiero estar en el suelo, joder! ¡Déjame en paz!

Gemma volvió a resoplar, movió varias veces los brazos y pareció querer continuar la discusión. Pero en-

tonces sucedió algo: de repente fue como si ella perdie-
ra por completo la capacidad de mostrarse desagradable, agresiva, incluso fea. Su llanto inmediato la hizo
hermosa sin voluntad, como si se desnudara a solas.
Pensé que era muy triste tener un lloriqueo tan atractivo. Y observé otro detalle más: Gemma se encorvaba,
llorando, como si deseara tenderse en el suelo, mientras
que, al mismo tiempo, Alfred se incorporaba intentando ponerse de pie. Me pareció una imagen de extraño
equilibrio, exactísima, casi ensayada.

   –¡Vete! ¡Vete de aquí! ¡Lárgate! –gritó Alfred, casi aulló.
Era como si ella llorara el dolor que sólo él sentía–. ¡Vamos, vete! ¡Vete de una puta vez!

   Empezó a arrojarnos cosas, sobre todo libros, a ella y a
mí, pero en realidad no a nuestros cuerpos, porque los
objetos parecían no carecer de puntería pero apenas nos
rozaban y golpeaban nuestras sombras múltiples en la
pared, creaban sonidos débiles, nada se rompía –los libros no se rompen con un golpe distraído: hay que des-
trozarlos a conciencia–. Uno rebotó en el cristal del cuadro de Charlot, pero sin quebrarlo, y lo mismo sucedió
con otro que se estrelló en la ventana, detrás de mí. Alfred
se había puesto de rodillas y nos arrojaba las cosas apa-
rentemente al azar pero con apreciable sabiduría, y de
nuevo tuve la sensación de que lo había ensayado. Gemma se alejó, azuzada por aquel granizo, abrió la puerta de
la calle y salió sin cerrarla. La seguí. Bajé las escaleras sin
apresurarme demasiado. Los gritos de Alfred cesaron en
curiosa sincronía con el último peldaño que pisé: aquello
me estremeció, pero ya no tenía tiempo para reflexionar
porque todo sucedía demasiado rápido.

   En la frialdad de la calle descubrí a Gemma apoyada
contra la pared de la acera opuesta, de espaldas, entre

pintadas retorcidas de aerosol negro que parecían el dibujo de un coche carbonizado. Me acerqué, pero no hasta una distancia en que pudiera tocarla. Tampoco le hablé. Se volvió hacia mí al cabo de un instante, pero no me miró: elevaba la vista, contemplando, quizá, las ventanas del piso de Alfred.

–Lo van a echar –murmuró–. Llamarán a la policía y lo echarán, al muy capullo. Igual que le pasó a Lázaro. Menudo gilipollas.

Comenzó a caminar lentamente, alejándose de la casa, y la acompañé en silencio. Introdujo las manos en los bolsillos de algo –su falda o su jersey, imposible saberlo en la oscuridad, con ropas tan negras–, como añorando la cazadora. Su bota derecha se entretuvo un instante con una caja de cartón.

–Está fatal, el pobre –dijo–. Pero él se lo ha buscado. Es un gilipollas.

Habíamos llegado a otra calle perpendicular –a otro mundo, porque el centro de Madrid es así: se cambia de mundo, o de decorado, a cada paso–, y distinguí una hilera de tres entradas de pubs, cada una con una luz diferente: una morada, la otra roja y la última verde. La música y las risas parecían similares en las tres.

–Me apetece tomar algo –dijo Gemma de repente.

Eligió la entrada roja y yo la seguí.

Cerré los ojos y volví a abrirlos para contemplar una luz carmesí que destellaba como las fotos en las pasarelas, arrojada al rostro desde un par de faros engarzados a un armazón metálico. Los latidos de la batería me golpeaban el cuerpo –a veces el estéreo tiene este efecto de puño– como otro corazón. Me sentí mareado nada más entrar, incluso antes de beber: tengo demasiada edad y estos sitios me pillan un poco viejo. Sin embargo, no me disgus-

tan: es un mundo estruendoso e incomprensible que me
parece casi mágico. Gemma ocupó uno de los asientos de
la barra y le pidió una cerveza a un hombre robusto con
camisa de flores estampadas. Yo pedí otra y me senté con
dificultad en un taburete contiguo.

–¿Puedo acompañarte? –dije.

–Como quieras.

Creí que me faltaba el equilibrio –los que somos muy
altos y delgados siempre andamos inseguros– y me su-
jeté al hule del asiento con ambas manos. Una chica junto a mí me golpeó con la espalda. Yo la había visto antes
de sentarme: vestía una pieza roja o naranja –difícil ase-
gurarlo con las luces– que se abría en parábola por detrás hasta casi el inicio del trasero, pero su pelo rubio
era muy largo, así que no pude saber qué parte de ella
me había golpeado: quizá su piel desnuda, el vestido, o
posiblemente el pelo. Gemma sacó un paquete de cigarrillos y me ofreció mecánicamente, pero lo retiró incluso antes de que yo los rechazara.

–Se me olvidaba que no fumas –dijo y encendió uno.

Contemplé el lugar. Estaba decorado con imagina-
ción, aunque sin lujo. La barra se situaba a la izquierda
de la entrada, y formaba un recodo que encerraba a dos
camareros: el hombre de la camisa de flores y una chica
de pelo multicolor que se ataba un pañuelo negro en la
cabeza y llevaba pendientes en la nariz y alrededor de
todo el lóbulo de la oreja. Las bebidas estaban dispuestas
en una estantería que parecía de escayola, con nuevos
barrotes dibujados. Un poco más allá, una entrada oscura. La pared continuaba después, siempre con los mismos barrotes dibujados rodeando toda la sala. La carica-
tura de un presidiario que simulaba asomarse por entre
las rejas o intentar arrancarlas con las manos estaba di-

bujada en la pared más próxima a la entrada oscura. Llevaba un traje color gris humo, cruzado por barras negras, un gorrito, e incluso un número escrito en el pecho.
Su rostro era de una tristeza cómica: inclinaba la cabeza
a un lado, abría mucho la boca y los ojos y mostraba una
lengua grande como un filete, de color rojo. En la esquina opuesta, a la derecha de la entrada, se hallaba el armazón metálico con las luces rojas. Lo que no era decora-
ción eran jóvenes que se movían de un lado a otro,
capturados en rojo por los destellos, algunos sentados en
una especie de divanes adosados a las paredes. Puede
que fuera mi falta de costumbre, pero el lugar me pareció
fascinante, casi ficticio: un ambiente de carnaval clan-
destino entre las sombras de una callejuela.

–Se me ha olvidado tu nombre –dijo Gemma.

–Javier.

–Eso es. Javier.

Nos sirvieron las cervezas. Probé la mía y me sentí mucho mejor. Busqué inútilmente una servilleta para lim-
piarme la espuma adherida al bigote, pero no hallé ninguna, así que saqué el pañuelo. Gemma bebió un buen
trago y se quedó contemplando la copa mientras fumaba.

–Alfred está pirado –dijo alzando la voz, y percibí su
facilidad para hacerse entender por encima de la música–. Se pincha mucha mierda, sabes, y eso le ha jodido el
coco. Yo me he hartado de decirle que lo deje y se ponga
en tratamiento, pero no me hace caso, y ahí lo tienes, jo-
diéndose lentamente, el muy gilipollas. El capullo de
mierda.

Expulsó humo por la nariz. Fumaba, se apartaba el cigarrillo de los labios y lo sacudía con un gesto rápido,
expelía el humo tras retenerlo un instante, volvía a llevarse el cigarrillo a los labios, muy veloz, como Alfred

había hecho antes, aunque ahora ella lo hacía de verdad. Observé sus manos casi regordetas, las muñecas ocultas por varias pulseras, los dedos rojizos presionados por anillos.

–No... Madrid –logré oír. El estrépito del rock la ahogaba ahora.

–¿Qué has dicho, perdona? –me acerqué a ella.

–Que no debimos venir a Madrid –alzó la voz–. Mierda. Eso es lo que pasa: uno quiere tenerlo todo.

–¿De dónde sois?

–De un pueblo de Burgos –casi gritó, se encogió de hombros con la misma violencia–. Inútil decirte el nombre, porque no te va a sonar. Alfred nunca lo dice: le gusta fardar de su rollo artístico, pero de su pueblo, nada. Se siente el gran actor incomprendido en busca de fortuna. Es un pobre gilipollas. Un capullo de mierda.

Una muchacha gritó a lo lejos. Distinguí un vestido verde brillante muy breve, botas verdes, piernas bonitas, pelo rubio corto. Su imagen me resultó vagamente familiar: me recordaba la del hada que acompaña siempre a Peter Pan en la película, he olvidado su nombre. Pensé que a Laurita le gustaba mucho Peter Pan, y eso me hizo echarle un vistazo al reloj. Aún disponía de un poco de tiempo antes de ir al hospital.

–¿Quién es Lázaro? –pregunté.

Gemma se volvió para mirarme.

–Otro motivo por el que no debimos venir a Madrid. Un chiflado total. Lo conocimos en la escuela de arte dramático y Alfred empezó a salir con él. Se chutaban juntos y se iban a ver películas a la Filmoteca, ya sabes... Fue Lázaro quien nos llevó por primera vez a la Filmoteca Soledad. Alfred lo seguía como una oveja. El capullo de mierda. El gilipollas capullo de mierda...

La chica que se hallaba junto a mí se echó a reír y volvió a golpearme. Me volví hacia ella y oí que decía: «Perdón». Cuando la miré, ella ya no me miraba, si es que alguna vez lo había hecho: se apartaba el pelo de un rostro que yo no veía, que quizá no vería nunca, y se acomodaba mejor en el asiento. Volvió a reírse.

–Estoy hasta el culo de este tío –dijo Gemma–. A veces maldigo el momento en que decidí dejar a mi familia y venir con él a Madrid. El día menos pensado te juro que me largo, y que se coma solito sus visiones.

–¿Qué visiones?

–Un rollo muy malo que se ha montado porque Lázaro le ha comido el tarro y...

En aquel instante perdí la visión. Escuché el grito coral de varios jóvenes. Un afilado cono de luz blanca barrió el lugar con rapidez, desvelando cabezas y cuerpos como si buscara a alguien, y una voz fortísima exclamó: «¡A la cárcel!», arrastrando un eco poderoso detrás. Entonces me ensordeció el impacto de algo metálico –como de jaula que se cerrara– por encima de la música, al tiempo que sufría otra vez el embate de la chica que tenía a mi espalda, y que parecía decidida a arrojarme del asiento. Se encendieron luces azules en el techo, como de coche de policía, y sonó una sirena. Todo duró unos cinco segundos. Después volvió el ambiente de antes, los focos rojos siguieron parpadeando y la música reanudó su batahola.

–Aquí hacen a veces esta chorrada –dijo Gemma–. Así se creen que entretienen al personal y nadie se va.

–Ya.

–¿De qué te estaba hablando?

–De las visiones de Alfred.

Asintió con la cabeza mientras apagaba el cigarrillo en un cenicero.

–No es que fuera muy normal antes de venir a Madrid, claro, pero al menos podías aguantarlo. Aquí empezó a pincharse mierda y a comer ácidos, y cuando no tiene ni un duro para conseguir, o sea, siempre, pasa unos monos muy jodidos, así que no sabes qué es peor. A veces es preferible conseguirle, porque se pone fatal si no consume. Pero él dice que la droga no le sirve para alucinar sino al contrario, para impedir las visiones, como él las llama. Dice que está lleno de ellas, y que la droga le relaja. Son cosas muy raras: alucina con Charlot. Está loco por Charlot, ¿sabes? A veces va a ver sus películas una y otra vez, y se chuta entre medias, y le dan ataques como el que viste el otro día, y tiene que salir del cine echando leches y marcharse a casa, porque teme llamar la atención. Al principio creí que le daban miedo los maderos, ya sabes, pero no es eso lo que más le acojona. Cree que lo persiguen.

–¿Quién?

–Yo qué sé. Rollos suyos. A veces me ve llegar de la calle, como hoy, y me pregunta si me han seguido. Yo le respondo que no, y tan tranquilos.

–A mí me lo preguntó también –confesé.

–¿Ves? Está chiflado. Pero además es un gilipollas de mierda –se volvió hacia mí y me miró: su rostro de mejillas abultadas, nariz pequeña pero algo amplia en su parte inferior, ojos expresivos y labios muy dibujados me hizo pensar en una especie de rosado peluche–. Yo nunca me he picado, ¿sabes? Jamás. Es que hay que ser capullo para... Tendrías que ver cómo se ha quedado Lázaro. Así se quedará Alfred, igualito. ¿Qué es lo que quieren con tanto pico y tanto tripi? ¿Ver cosas raras?... A veces creo que todo el mundo quiere lo mismo, ¿sabes?... Ver cosas, y mientras más raras mejor. Huir de la realidad viendo

cosas: en el cine, en la discoteca, en la casa... Esta chorrada de bar, por ejemplo: han pintado unas rejas y un mo-
nigote, y de vez en cuando apagan las luces y te asustan.
¿Sabes por qué? Para que la gente vea algo diferente de lo
que se ve en el bar de al lado, y de esta forma conseguir
más clientes...

–Si quieres, nos vamos –propuse.

–Da igual. Estoy cabreada, eso es lo que me pasa –encendió otro cigarrillo pero no extinguió el fósforo: fue
como si hubiera deseado fumar tan sólo para contemplar la pequeña llama–. Lo único que queremos es ver
cosas. Ya no escuchamos lo que nos dicen, ya no hablamos, ni siquiera nos paramos a darle vueltas al coco: lo
que queremos es ver muchas cosas, y cuantas más vemos, mejor. ¿No te das cuenta de que hoy todo el mundo
busca lo mismo? ¡Sentarnos como gilipollas a mirar lo
que nos echen! Y lugares como la Filmoteca Soledad se
aprovechan de eso... ¿Que queréis *pelis?* ¡Venga, más *pelis!* ¡Las que queráis! ¡Repetidas! ¿Que ya las habéis visto
miles de veces? ¡No importa! ¡Que sean millones!... No
me extraña que Alfred se haya vuelto tan loco como Lázaro...

–Pero tú también vas a la Filmoteca.

–Yo no me apasiono tanto. Cuando veo una película,
digo: «Qué bien, una película». Pero, para Alfred, ver a
Charlot es como ver a Dios... Imagínate estar viendo a
Dios todas las semanas a la misma hora, y además, haciendo lo mismo siempre... Tan enorme y tan brillante...
allí arriba, en la pantalla, una y otra vez... Saber que nos
moriremos y que él seguirá haciendo lo mismo para
siempre, no importa cuántas veces proyecten la película,
él seguirá haciendo lo mismo, y lo mismo, y lo mismo...
¡Es como para volver loco a cualquiera!

Se alteraba cada vez más. Me pareció que a ella también le había afectado el obsesivo cine de la Filmoteca.

–¿Y las sesiones especiales? –pregunté–. ¿Alfred se ha apuntado a alguna?

Me miró casi con desprecio.

–Pues claro. ¡A todas las que ha podido!

–¿Realmente duran veinticuatro horas? ¿Doce veces viendo la misma película?

–¡Y más! ¿Es que no lo sabías? –negué con la cabeza–. ¡Ya me imaginaba yo que eras nuevo!... Allí en la Filmoteca son la pera, tío. Saben sacarle los cuartos al personal. Doce, veinticuatro, cuarenta y ocho veces... Todas las que quieras. La gente termina pirada, te lo aseguro. A veces pienso que las drogas no le han hecho tanto daño a Alfred como las películas. Quizá puedas vivir varios años puliéndote chinos sin que te pase nada, pero una misma *peli* no la puedes ver más de cinco veces seguidas sin que termines... yo qué sé... alucinando... viendo chiribitas... Lázaro se volvió loco en la Filmoteca. Y Alfred va camino de lo mismo.

–Pero... eso debería estar prohibido.

–Y lo está. Las sesiones especiales son clandestinas, ¿sabes? Por eso no sabías nada. Muchas de las cosas que se hacen en la Filmoteca son privadas, para clientes selectos que pagan un pastón... A Alfred se le ha ido todo el dinero, además de la cabeza, con las películas. Cuestan más que el caballo, aunque no tanto como la coca. Te las repiten sin interrupción, una y otra vez, o bien escenas determinadas... Hay todo un negocio montado alrededor de eso. Y, por supuesto, prohibido: como la publicidad subliminal.

Ahora empezaba a entender la reticencia del coleccionista de Ballesta, y del viejo que se parecía a Borges.

–¿Y qué significa lo de «traspasar la ventana»?

–¿Qué? –se inclinó hacia mí en ademán de no haber oído bien.

–Alfred dice que está traspasando una ventana...

–Ni puta idea –movió la cabeza–. Es uno de sus rollos. Creo que tiene que ver con la cantidad de veces que ves una *peli*: llega un momento en que te pasa como con las manchas que produce la luz del sol en los ojos, ¿sabes? Algo muy raro. Lázaro lo comparaba a cruzar una ventana y saltar al otro lado... Las cosas a tu alrededor dejan de parecer reales y las imágenes de la película te... te parecen la realidad, o algo así. Un rollo muy malo, vamos. Pero, al fin y al cabo, es lo que buscan todos los que se apuntan a las sesiones especiales: vivir dentro de tu película preferida.

–¿Ése es el secreto de los cinéfilos?

–¿También te ha hablado de eso? –me miró con los ojos más grandes que pudo conseguir: los tenía bonitos y luminosos cuando los abría mucho, y sus pestañas eran largas, pero no hasta el punto de parecer postizas–. Joder, lo único que te falta para volverte como ellos es picarte. Formaríais un trío apañadísimo. El secreto de los cinéfilos es otro de sus rollos con Lázaro. Yo no lo entiendo muy bien, porque cuando Alfred me lo contó estaba hasta las cejas de chinos. Además, contado tampoco tiene mucho sentido... O sea, que es necesario ver lo que ellos ven y sentir lo que sienten para entenderlo del todo, ¿sabes?

Pensé que ocurría igual con las películas, que hay que verlas; narradas pierden mucho. La comparación me pareció intrigante.

–De cualquier forma, voy a intentar explicarte lo que sé. Si no lo comprendes, lo mejor que puedes hacer es preguntarle a Alfred...

Se detuvo un instante, como escogiendo las palabras. La música del pub persistía en algún extremo de la audición, pero había dejado de molestarme, como si hubiera pasado a un segundo plano de la banda sonora. Gemma dijo:

–El cine no es lo que parece, sino que es otro mundo, y la realidad tampoco es la realidad. Eso es lo que ellos creen, a mí no me preguntes. Ah, y Charles Chaplin no existió. No pongas esa cara, ya sé que es una parida mental, pero tú querías saberlo.

–¿Y Charlot?

–Pues ahí está el tema, que Charlot sí existe. Humphrey Bogart tampoco existió, pero el tío del café de *Casablanca* sí, y también la tía, pero no Ingrid Bergman. No existieron Orson Welles ni John Wayne, pero sí el ciudadano Kane y el vaquero de *Centauros del desierto.* También dicen que los actores vivieron alguna vez, que en algún momento hubo un hombre que se llamó Charles Chaplin, pero las películas que hizo Charlot anularon a Chaplin hasta tal punto que fue como si nunca hubiera existido. Alfred pone un ejemplo muy bonito: dice que es como el bloque de piedra cuando se convierte en una escultura, que deja de ser para siempre un bloque de piedra, aunque quizá no del todo, ¿entiendes? Como si la escultura se tragara al bloque de piedra. Esto pasa con toda obra de arte, pero resulta que en el cine la obra de arte es el personaje, y el actor desaparece en él y deja de existir...

–Creo que se refieren a que hay personajes que son más famosos que el actor que los interpreta.

Gemma negó con la cabeza.

–No, no es eso. El actor desaparece y el personaje sigue vivo. Lázaro dijo un día que era como quemar leña: los troncos se vuelven negros, se hacen cenizas, pero surgen las llamas. El actor pierde luz y se vuelve oscuro como nosotros, pero su sombra persiste y vive por él, a pesar de que es falsa.

–¿Falsa?

–Esto es lo más complicado: el personaje es falso pero existe, el actor es real pero no existe. ¿Eres capaz de entenderlo?

–No.

–Pues yo tampoco. Te cuento lo que ellos creen. Lázaro también lo compara a un vestido de colores: aunque es un disfraz, el actor se lo pone y desaparece. Dice que el personaje es el actor con alas. Creo que se refiere en este caso a las mariposas, que nacen de una crisálida... Todo esto no sucedería si no existiera la luz, por eso el Génesis afirma que Dios la creó el primer día, porque sin luz no puede haber nada. Los personajes del cine son pura luz, y ésa es la razón de que sean perfectos e inmortales y brillen en la oscuridad. Lázaro también los llama «sombras iluminadas», y afirma que el nombre de «estrellas del cine» oculta un secreto terrible, porque en verdad lo son: brillan lejos, en medio de la oscuridad que formamos todos los desconocidos, o sea, todos nosotros salvo ellas. Para los antiguos, las estrellas eran dioses. Para nosotros, personajes del cine. La idea es la misma. El actor sería la parte más cercana a su propia estrella, la que menos se ve, ese halo negro que la rodea y que sólo puede distinguirse gracias al brillo de la estrella, o algo así, y que por fin termina esfumándose en el aire... Me sé de memoria todas sus chorradas...

En curiosa coincidencia con el final de las palabras de Gemma, la chica de la espalda desnuda y batiente –aquella cuyo rostro yo nunca vería–, se levantó y se alejó de la barra riéndose, acompañada de un joven de hombros anchos con el pelo magníficamente recortado y la piel color caoba. Desaparecieron pronto, sin desvelar sus rostros secretos, obstinados como dos lunas.

–¿El actor se esfuma en el aire? –dije.

–Así es. En realidad no se suicidan, ni se matan en accidentes, ni mueren de cáncer, todo eso es anecdótico. Nosotros tampoco moriremos de nada de eso, sino que nos esfumaremos en el aire. Todo depende de la luz: cuando la luz se apaga, dejamos de existir. Pero el personaje, que sólo es luz, no puede morir. Lo único que muere cuando muere un actor de cine es la oscuridad, y es imposible ver cuándo se apaga la oscuridad, ¿comprendes?... Marilyn Monroe, por ejemplo, no se suicidó. La que se tomó los somníferos, según Lázaro, se llamaba Norma Jean, o algo así...

–Ése era el verdadero nombre de Marilyn: Norma Jean Mortenson.

–Pero es que Marilyn Monroe no ha muerto: la que ha muerto es Norma Jean. Aún puedes ver a Marilyn en cualquier cine...

–Pero sólo en el cine –objeté–. Fuera del cine, Marilyn Monroe ya no existe.

–¿Y acaso Marilyn Monroe existió alguna vez fuera del cine? –replicó Gemma–. ¿Entiendes? Ya sé que es una locura, qué me vas a contar, pero hay que admitir que sus ideas tienen cierta lógica. A ver quién les apea del burro...

No sabía si era la cerveza, que aún no había terminado, o las absurdas teorías de Alfred y su amigo Lázaro tal como Gemma me las descifraba, o quizá las luces rojas intermitentes y aquella música de tambores duros y exactos, pero empezaba a notar un creciente vértigo. Me froté los ojos, los abrí, y hallé a Gemma mirándome con una curiosidad que parecía no exenta de preocupación.

–¿Te pasa algo?

Contemplé su figura simpática, el pequeño mentón sostenido por una de sus manos de niña gordita, el flequillo recto hasta la altura de los ojos.

–No –dije–. Es que creo que debo irme ya.

–Claro. Vámonos.

Cuando salimos al contraste de paz y silencio de la calle, percibí un frío sorprendente: la primavera no terminaba de aferrarse, y dentro del pub hacía un calor excesivo. Le ofrecí mi gabardina a Gemma, que se frotaba los brazos, pero la rechazó con una débil sonrisa.

–Creo que voy a regresar con el pirado ése, a ver si se le ha pasado ya –dijo.

–Muy bien.

–Otro día, si quieres, te llevaré a ver a Lázaro.

Empezó a caminar por la calle oscura, cada vez más rápido. Su figura de ropas negras se barajó pronto con las tinieblas.

Catorce

Esta mañana, cuando regresábamos a la habitación de Javi después de que el doctor Fortes nos dijera el diagnóstico, comprendí de repente por qué los pasillos de un hospital parecen infinitos. La culpa es de la blancura, que engaña a los ojos disolviendo las líneas de las esquinas y disipando como un vaho las paredes del fondo, de modo que la perspectiva nos miente y surgen espejismos como en los desiertos de nieve o de arena. Si las paredes, el techo y el suelo de un pasillo de hospital no fueran blancos, habría un final, una llegada; la vista no nos traicionaría con lo inacabable.

«Tus células blancas se han vuelto malas de repente –le expliqué a Javi más tarde– pero, como son blancas, no parecen malas, y engañan porque van disfrazadas de blanco y acaban con las células rojas y provocan una blancura absoluta.» «¿Y El Vengador? –protestó–, ¿no puede hacer nada?» «El Vengador ya está investigando, pero sabe mejor que nadie que es necesario tomar muchas precauciones y obedecer todo lo que digan los médicos.»

Javi tiene ojeras. Las ojeras de Javi no son como las de Andrea: han aparecido hace poco, y son las de un niño que quiere mostrarse enfermo y se tiñe de oscuro los bajos de los ojos, se unta crema blanca en las mejillas y se rocía la frente con gotitas de agua, y huele un poco a cuerpo, y al abrazarle sabe disimular su piel y parecer flaco, con los huesos a flote. Y sabe también no llorar nunca –lo hará a solas, cuando la escena termine– y sonreír siempre, el rostro amodorrado, los ojos grandotes y brillantes. Por eso –porque hace muy bien de niño enfermo– no es bueno mostrar tristeza frente a él, ni sonreírle en exceso. Sentado en la cama, las manos cruzadas sobre el regazo, me escucha con tranquila atención. El sol reciente destella de blancura en su rostro. «¿Y Akira? ¿No podría ir con El Vengador para ayudarle?» «Prefiere que El Vengador vaya primero, porque a Akira lo conocen todas las células blancas, pero al Vengador no, y le resultará más fácil pasar desapercibido.»

Me siento en el borde de la cama y mi altura deja sobre la colcha una huella más importante de lo que soy: Andrea la alisará enseguida. «No deberías hablarle al niño de fantasías», dice. Las ojeras de Andrea son las mismas de siempre, quizá más antiguas –el rostro se le ha ido acostumbrando a ellas–, pero lo que es novedoso es el interés que muestra por su aspecto físico, incluso ahora que la noticia del diagnóstico de Javi nos parece lo único importante. Se atusa los cabellos frente al espejo, como si buscara el peinado que le quedara mejor o explorara las posibilidades de su aspecto. Parece intrigada con el reflejo de su cuerpo o de su rostro, y me habla sin mirarme –mirándose–, componiendo una imagen diferente a golpe de dedos. «Te he oído hablarle de su enfermedad, y no te das cuenta de que tiene diez años y ya no le sirven esas historias fantásticas de vengadores y malos. Él sabe perfectamente que tiene algo grave. Debemos ayudarle, Javier, no engañarle.» «Lo siento –admito–, tienes razón.» A veces, como ahora, se muestra fuerte y vuelve a enseñarme cómo se deben hacer las cosas desde la altura de la pizarra, pero también es verdad que, en ocasiones, desaparece y pierdo su rastro, quiero decir que huye y se refugia en algún lugar oscuro para llorar en silencio. En esos momentos la contemplo pero ya no está, la veo pero sé que ha dejado de habitarse. Entonces se aparta un poco, baja la cabeza y cierra los ojos y veo su llanto sin oírlo, y es como si ella se disolviera en ese llanto, se convirtiera en su propio dolor y ya no fuera sino una cosa de hombros trémulos y rostro crispado que llorara sin lágrimas. Después me abraza, pero casi siempre siento que sus puños se cierran detrás de mí, como si no se resignara, como si el odio la invadiera por haber cedido un ápice en su firmeza. «¿Y tú? –grita entonces–. ¿Por qué no dices nada? ¿Es que no te importa lo que le pase a nuestro hijo? ¿Por qué no hablas? ¿Por qué me miras así? ¡Sólo haces mirarme y mirarme! ¡Nunca haces nada! ¡Nunca has hecho nada! ¡Sólo sabes mirar y mirar y...!»

Quince

Contemplé cómo la violaban, incluso mucho después de que lo viera, porque fueron aquellas escenas las que marcaron mi mirada: amarrada por las manos de varios hombres, el cuerpo volcado sobre una máquina de juego en el salón de un bar de carretera, el cabello color platino derramado sobre el cristal, la boca amordazada por otra mano fuerte, sus ojos –más garzos que de costumbre debido al resplandor de las luces– moviéndose de esquina a esquina de los párpados, la leve blusa azul de tirantes abierta, los pechos desnudos –¿los de ella o los de una modelo?, difícil saberlo, las imágenes se rompen con rapidez–, la minifalda recogida en la cintura, el brillo rosado de los muslos. Era fácil verla de nuevo, incluso cuando la oscuridad finalizó y se encendieron las luces y la pantalla volvió a ser ella misma, blanca y rectangular.

De nuevo en la realidad, me froté los párpados, me levanté de la butaca y caminé hacia la salida. Era viernes, y ya se había completado el ciclo de dos películas –*El silencio de los corderos,* y ahora *Acusados*– que había pedido a la Filmoteca Soledad, pero no había experimentado

ninguna sensación especial al volverlas a ver, nada extraño ni por supuesto místico, ni siquiera un pensamiento fuera de lo común, salvo la idea varias veces me-
ditada de que las imágenes de ambas eran siempre las
mismas y que ella –pelo negro en una, dorado en la
otra– estaba dentro de aquellas imágenes y era, como
éstas, constante, maravillosa, inaccesible. ¿Cuál debía
ser mi próximo paso? Fue entonces cuando decidí volver a hablar con el responsable de la programación.

–Me ha gustado –respondí a su primera pregunta. No
parecía sorprendido de que hubiera venido a verle nada
más acabar la proyección. A decir verdad, su expresión
era la misma de siempre.

–Programaremos *El silencio de los corderos* otra vez
–dijo–. Y después *Acusados*. Y ya veremos.

Sí, ya veremos, pensé. Me removí en el asiento con un
gesto breve y permanecí en silencio: quería darle a entender que podía despedirme cuando gustara. Durante el
trayecto hasta su habitación había imaginado varias preguntas –las mismas, o similares, que había dirigido al viejo que se parecía a Borges–, pero una vez sentado frente a
él comprendí que no iba a recibir respuestas más concretas. La luz del flexo de pantalla verde rectangular caía de
lleno sobre sus manos entrelazadas, ocultando parcialmente su rostro. En la ventana pintada en la pared se erguía la sombra de su cabeza.

–¿La ha visto? –preguntó de repente.

La pregunta me desconcertó durante un brevísimo instante, justo antes de saber a quién se refería.

–Sí –dije.

–Aquí se la ofrecemos por poco dinero.

Hubo una incómoda pausa. Estábamos rodeados de
silencio: los únicos sonidos eran los que nosotros mis-

mos provocábamos. Pero el responsable de la programación era sigiloso, así que me aislaba en una especie de camisa de fuerza en la que cualquiera de mis gestos constituía un pequeño escándalo: un crujido en el asiento, una tos débil, los infinitos roces de la ropa. Al responsable de la programación parecía divertirle mi inútil esfuerzo por llegar a ser tan insonoro como él. Se retrepó en el sofá y su rostro se ocultó aún más.

–No veo la diferencia con lo que ocurre en otros cines –dije.

–Excepto, quizá, que usted sabe que la película que está viendo era la que deseaba ver, ¿no? –asentí y me encogí de hombros. El responsable de la programación arqueó las cejas–. No lo considere un simple detalle. Es un paso importante.

–¿Cuál?

–Saber que uno está viendo justo lo que deseaba ver. No lo que esperaba, como ocurre la mayoría de las veces, sino lo que deseaba. Es un buen comienzo. Usted quería ver a Jodie Foster en esas dos películas, y la ha visto. Y seguirá viéndola. Eso es un paso.

No sabía con certeza adónde quería conducirme con aquellas palabras. Lo cierto es que, sin duda, esperaba que yo replicase en algún momento, o al menos me ofrecía tal oportunidad mediante cómodos intervalos de silencio entre sus frases. De repente dije, bajando la voz:

–Me han hablado de unas sesiones especiales... –me detuve y lo miré a los ojos.

El responsable de la programación asintió en silencio. Simplemente eso. Seguía cediéndome la palabra. Observé la tensa y exacta línea de mi pantalón de verano. La pellizqué con suavidad.

–La verdad, me parece demencial ver una misma película doce veces seguidas –dije, contemplando la perfecta línea de mi pantalón–. Uno terminaría por volverse loco.

Más allá de la luz del flexo persistía el silencio.

–Loco, sencillamente –repetí–. Yo no podría.

–Muy bien –dijo, e hizo un gesto con el que parecía casi felicitarme por adoptar aquella decisión–. En cualquier caso, la película está ahí, y se repite.

–¿Qué?

Se contempló por un instante las pulcras uñas de la mano izquierda.

–¿Sabía, señor Verdaguer, que aún existen copias de la primera película que se hizo? *El regador regado,* se llamaba. La filmaron los Lumière. Todavía podemos contemplar al hombre de la manguera...

–Todavía podemos contemplar *Las Meninas* de Velázquez –dije–. ¿Y qué?

–No es lo mismo –puntualizó–. Observe este detalle: el hombre de la manguera es el hombre que realmente existió. Ya no existe, pero está ahí. Un artificio permite que usted lo siga viendo tal como fue: su rostro, sus movimientos, sus expresiones. Es como un recuerdo compartido por todos los que lo ven. El cine no es comparable a nada: las demás artes no atrapan el modelo. En el cine, el modelo permanece. Durante un tiempo tiene dos vidas paralelas: dentro y fuera de la pantalla. Después, sólo queda esta última, y perdura. Una película es una vida inmortal. Los bailarines envejecen, los actores mueren. Al final, sobrevive únicamente una pantalla con imágenes: un rectángulo pintado en la pared sobre el que se proyectan luces –dilató la sonrisa–. ¡El cine es un invento casi misterioso! ¡Al fin y al cabo, hasta «Lumière» significa «luz»...!

Se rió un instante de su propio juego de palabras.

–¿Por qué me cuenta todo esto? –dije de repente, con brusquedad.

Hizo una pausa y me preguntó, a su vez:

–¿Ha visto la película *El séptimo sello?*

–Sí.

–Es una curiosa fábula que pocas veces ha sido bien entendida. Si me permite, señor Verdaguer, usted me recuerda un poco al caballero medieval que perseguía un sueño místico. Hay fisonomías ascéticas, y la suya lo es.

–Yo sólo colecciono fotos de una actriz.

–Eso es un acto místico, si usted me perdona. Dígame, por favor: ¿por qué las colecciona?

Una extraña sensación de inseguridad me impidió contestar con rapidez, a pesar de la aparente simpleza de la pregunta.

–Porque me gusta.

–¿Le gusta? ¿Qué le gusta de esas fotos?

–Me gusta verla.

–¿Verla? ¿A Jodie Foster? –asentí–. ¿La ha visto alguna vez?

–Sólo en fotos y en películas.

–Sin embargo, le gusta esa mujer.

–¡No, no! –exclamé–. No me gusta desde el punto de vista que usted piensa, por supuesto –el responsable de la programación enarcó las cejas. Parecía sorprendido–. Me gusta verla, tan sólo.

–La contempla y siente felicidad –dijo–. Usted colecciona fotos de ella y las adora en secreto. Sabe perfectamente que no es ella la que le gusta; al menos, no ella como mujer: en la calle no se habría detenido más de dos segundos a contemplarla. No es ella, físicamente hablando, sino la imagen falseada por las luces, las cámaras, el gesto, el maquillaje, las instrucciones. Es una estampa, y usted la contempla y piensa: «Ella no es así, en realidad. Ella es como cualquier mujer. Pero vamos a creer que no. Vamos a creer que ella es tal como yo la veo en estas fotos». ¿Qué es eso sino un acto de fe? ¿Ha visto a los adolescentes con las imágenes de sus ídolos en las carpetas? Ellos también realizan un acto de fe. «Creo firmemente que ella o él son así», dicen. «Creo que, si los conociera personalmente, aparecerían en esta misma posición, iluminados de esta misma forma, con esta expresión en la cara, paralizados en este gesto. ¡No puedo imaginármelos con los mismos defectos que las personas que me rodean!» Las fotos, amigo Javier, nos obligan a tener fe. Después, en el cine, las fotos se encarnan, se hacen hombres y mujeres y viven en este mundo durante dos horas aproximadamente. En el cine ya no hace falta tener fe: el cine es como tocar las llagas.

–De acuerdo –admití–. El cine es un acto místico, si usted quiere. ¿Y qué?

Entrelazó los dedos y amplió su perenne sonrisa.

–Que, como todo acto místico, se celebra y se repite. Una y otra vez. No es un libro, no es una música, no es una pintura. El cine no puede ocultarse, no puede romperse, no puede dejarse *cerrado,* intocable. El cine se proyecta una y otra vez. Para siempre. Por eso le decía antes que, no importa lo que usted quiera, la película está ahí, y seguirá estando. La película continuará proyectándose, pero usted puede elegir no verla. De usted depende mirar o cerrar los ojos. La película continuará. «Sesión continua»: ¿no dice eso el anuncio de la entrada? No hay nada *demencial* en ofrecer una película continuamente. Usted elige.

Comprendí por fin cuál era su razonamiento. Era el cebo de todos los buenos vendedores: «Usted se lo pierde. Yo no hago mal ofreciéndoselo».

–Por ahora... prefiero seguir así, gracias –dije.

Me levanté en silencio, vacilante.

–Venga a charlar conmigo cuando quiera.

Cerré la puerta al salir.

Dieciséis

P ercibo su calor como un recuerdo sobre mi propio cuerpo, una imagen también, impresa en la superficie de la butaca: Andrea acaba de irse y el asiento aún conserva su presencia. Estoy extenuado, porque el trabajo en estos días es difícil y en cuanto salgo de la oficina tengo que venir al hospital a relevar a mi mujer. Me gustaría descansar alguna noche, pero pienso que es lógico que nos turnemos, porque tampoco le podemos pedir a su hermana que sobrelleve nuestras responsabilidades, los amores tienen categorías y los familiares también, no son lo mismo los tíos que los padres, qué duda cabe. Además, mañana viene mi prima Luisa con Joaquín, y es de esperar que me sustituyan algunas noches. Toda la familia colabora, como es lógico.

«Ahora duerme», dice una pesadilla repentina, arropándole. «Ahora duerme», me dice la enfermera entre las sombras. Es necesario hacerlo constar –que ahora duerme–, y medir el nivel de los líquidos, modificar el suero, vigilar su sueño, el tamaño de los ojos, la leve inquietud de su pecho bajo el pijama, sus movimientos en la cama en-

tre grandes espacios de silencio, porque Javi no lo narra y
es necesaria la voz que lo describa. «Ahora duerme
–dice–, pero vigílelo usted. Obsérvelo, y si se despierta me
avisa.» «Muy bien.» «No lo toque. Sólo obsérvelo.» «De
acuerdo.» Antes de marcharse, la enfermera me contempla –una enfermera sin cuerpo, su uniforme blanco tan
sólo, sólo esa idea de enfermera mirándome– y creo percibir su sorpresa, quizá porque ha comprobado que permanezco despierto y con los ojos abiertos, sentado en la
butaca junto a la cama, pero sin una tarea específica: sin
lectura ni auriculares de música, sin una televisión encendida ni una radio conectada al oído. Tan sólo despierto y
mirando. Mi madre, ahora la recuerdo, pensaba que ésa
era la causa de que yo fuera tan vago: «Se queda quieto y se
pone a mirar –decía– como si fuera tonto, pero de tonto
no tiene ni pizca, todo lo contrario, es listísimo, pero se
pone a mirar y no se mueve, ni siquiera habla, como si
todo lo que viera le interesara, pero sin abrir demasiado
los ojos, como si le interesara pero no mucho».

Los sorprendo en el aparcamiento del hospital, tras bajarme del coche: se hallan de pie junto al Opel blanco de
Roberto. Él ha tomado su rostro entre las manos y se ha
inclinado, o encogido, porque Roberto no tiene cuello
que inclinar, para reposar en su boca. Se besan. Andrea lo
encierra entre sus brazos, se alza un poco –innecesario,
ya que es casi tan alta como él: pero se trata de un gesto
inmemorial, genético, con el que procura excitarlo de-
mostrándole que es menos poderosa– y saborea el beso
lentamente con los ojos cerrados. Un momento antes
hubo un simulacro, un roce, pero ahora es más profundo
y se prolonga.

Imagino que no lo planearon de esa forma. Roberto ha venido varias veces al hospital para ver al niño. Sin duda, Andrea lo había acompañado al aparcamiento para despedirse, demorar el adiós o continuar hablando de todos los secretos que ya poseen con la avidez de niños que muestran cromos y los intercambian, y surgió un beso formal que se ha transformado de manera inesperada en una muestra sincera de pasión. Andrea le diría: «Gracias por venir, Roberto. Me ayudas mucho». Él replicaría, en el mismo tono: «No digas eso». Se mirarían en silencio un instante y sus labios empezarían a acercarse. El beso, casto al principio, se encendería al contacto con las bocas. Un segundo antes no habría engaño, un segundo después tampoco, pero mi presencia –tomé la decisión de venir al hospital a última hora, Andrea no me esperaba, el aparcamiento está atestado, no han advertido mi llegada– coincide por casualidad con esa imagen exacta, y la escena parece prevista de antemano. En la vida todo sucede sin rigor, las cosas simplemente ocurren, no hay punto de partida ni destino, los hechos sólo existen cuando acontecen y pueden verse, antes son meros impulsos, después meros recuerdos.

Se separan un poco al terminar como si la conciencia les remordiera, lo cual me hace pensar que ha sido el primer beso íntimo. Pero ni siquiera les queda bien ese gesto final, porque de repente una moto apresurada cruza frente a ellos en dirección a la salida, y Andrea, que retrocedía sin verla, casi resulta atropellada. Es Roberto quien la aparta del peligro con un gesto caballeroso, y ella vuelve la cabeza sorprendida. La moto pasa también junto a mí; su creciente velocidad hace ondear mi gabardina.

Entonces me descubren.

Yo no hago nada, sólo los miro. Percibo vagamente que aún sostengo las llaves de mi coche, del que acabo de bajarme. Ellos hacen algo curioso: Andrea me da la espalda pero Roberto se acerca. De repente compruebo que no puedo reaccionar, ni siquiera llevarme las manos a la cabeza, tampoco sonrojarme, ni mucho menos decirles: Qué habéis hecho. No puedo detenerme a pensar en mi propio rostro o en mis actos. Por lo tanto, doy media vuelta y camino hacia el hospital. «¡Javier, espera!» Me apresuro hacia la entrada, subo las escaleras con rapidez –el corazón se hace notar: qué triste sería que muriera aquí mismo, y qué absurdo– y entro en el vestíbulo. «¡Javier, no es lo que piensas! ¡Espera, hombre! ¡Javier!» Un ascensor plateado se llena de gente: me dirijo hacia sus puertas a punto de cerrarse. «Perdón», murmuro, porque molesto el pie de alguien –qué ridículo pisar el pie de alguien precisamente en este instante–, y las puertas se cierran frente al rostro enrojecido de Roberto. Sin embargo, un último pasajero roza la célula fotoeléctrica, el ojo que nunca parpadea, y las puertas vuelven a abrirse enseguida. Roberto, que no lo esperaba, parece indeciso al descubrirme de nuevo. Él no puede entrar, porque el ascensor está lleno, y tampoco pretende hacerlo. Nos cruzamos las miradas mientras alguien dice: «Se han borrado todos los números. ¿A qué piso va usted?» «¡Javier, no es lo que tú te crees, déjame que te explique...!» «Por favor, al quinto.» «Javier, ¿por qué no vienes y hablamos?» «El séptimo, por favor.» «Javier...» Hace un gesto de desesperación –el amigo incomprendido–. No se atreve a decir más nada, porque la gente, que empieza a notar que algo no marcha bien entre nosotros, adopta expresión de espectador y nos observa. El ascensor se cierra –qué ridículo– otra vez frente a Roberto, que abre los brazos, encoge los hombros y resopla como si pensara: «Si no quieres hablar, qué se le va a hacer, ya te di tu oportunidad». Percibo el olor de unas axilas. Pienso en Andrea. Es inútil recordar ahora. Es inútil pensar. Es ciertamente inútil detener la imagen y volver atrás. El cuello me duele de mirar hacia arriba. La garganta me duele. Tengo deseos de llorar. Hay otras mil cosas ínfimas que me molestan: este creciente olor de axilas, el calor del ascensor, la presión de los codos, los cuerpos juntos...

Pienso en Andrea.

Diecisiete

Pero vamos a lo que vamos: lo importante aquí es mi narración. Las anécdotas que salpican, día a día, la vida común de los mortales son muy semejantes entre sí. Sin embargo, la historia que me he propuesto contarles desde el principio –mi aventura con la Filmoteca Soledad, con Alfred y Gemma, con Lázaro– es, según creo, divertida, emocionante y original. Y estoy seguro de que ustedes comparten esta opinión.

Si no se lo creen, pasen y vean, señores, pasen y vean.

Volví a visitar a Alfred a la semana siguiente. El apartamento se hallaba incluso en peores condiciones que antes, y el estado de su inquilino mantenía un triste parecido con el desorden y la degeneración de todo lo que le rodeaba. Me dio pena el pobre muchacho. Me recibió en camiseta y vaqueros, entre un hedor insoportable a comida estropeada y pésima higiene, y me confesó, en un tono inexplicablemente neutro, que Gemma lo había abandonado. «Y esta vez para siempre», añadió. Hablaba muchísimo menos que en otras veces y de forma aún más incomprensible, como si su lenguaje hubiera experimentado también un franco deterioro. De vez en cuando, durante la conversación, movía las manos, como para espantar moscas invisibles, y sonreía estúpidamente, sin que su repentina alegría tuviese nada que ver con lo que decía.

Me pidió dinero. Le entregué dos mil pesetas. Contempló el billete en silencio, y lo vi llorar: al menos, observé sus lágrimas menudas y casi invisibles discurriendo por las mejillas. Me dijo: «Gracias». Después me sonrió.

–Eres como yo: te gusta ver –dijo–. Nosotros, los escogidos, sabemos la verdad sobre el rojo, el verde, el azul, el amarillo, el gris, el violeta, el naranja, el añil. Todos los colores pueden resumirse en dos, como los mandamientos, ¿no se dice así? Blanco y negro. En el blanco están todos mezclados, y ya no hay posibilidad de crear: es un color malo. En el negro aún no existen colores: es una pizarra, o un dormitorio a oscuras, o un cine cuando se apagan las luces. Y entonces se pueden ver cosas.

–¿Cuántas horas has estado esta vez, Alfred? –le pregunté en tono de reproche.

Puso los ojos en blanco. No quiso decirme la cantidad de tiempo que había pasado en la Filmoteca, pero aseguró que la sesión había sido increíble.

–Una maratón, tío. Aún me duele la boca de reírme. Y las tripas... Me hice popó viendo al Chaplin. Era para cagarse.

–El cine te va a destruir, Alfred.

–Ya lo sé –admitió–. En realidad, lo odio. Odio a esta... esta cosa de bigotito y sombrero hongo... Odio a este hijoputa. ¿Sabes...? Vi *Luces de la ciudad*...

Y de repente hizo algo increíble: empezó a representarme la película desde el principio, realizando todos los gestos, declamando todos los textos que aparecen en la pantalla, encarnando a todos los personajes –no sólo a Charlot–, sin describir las escenas, únicamente interpretándolas, como si diera por sabido que yo tenía que estar viendo, gracias a su actuación, los decorados, las luces, los planos, los gags puramente visuales. Tan fascinante me pareció su frenética actividad que estuve contemplándolo durante largo rato sin hacer otra cosa, inmóvil y de pie en el pequeño salón, mientras él iba y venía y gesticulaba sincronizado con la absurda velocidad de las películas mudas. En un momento dado, su mímica consiguió darle forma a una flor que se suponía que sostenía entre los dedos. Pensé que Alfred habría podido llegar a ser un gran actor, pero que su propia vocación apasionada se lo había impedido. A Alfred le gustaba tanto lo que hacía que era incapaz de hacerlo realmente, de entregarse a la miseria de los empleos, de la labor diaria, de la búsqueda de un objetivo. Se hallaba consumido por su amor a las películas: más que actor, Alfred era un personaje. Y pensé que eso era lo que había querido ser toda su vida.

Al cabo del tiempo tuve que interrumpirlo.

–Alfred, basta. He venido para que me lleves a ver a Lázaro. Tengo que hablar con tu amigo. Necesito conocerlo.

Parecía un muñeco de cuerda cuyo mecanismo se debilitara progresivamente: movía un invisible bastón de caña, separaba un poco las piernas con la punta de los pies descalzos dirigida hacia afuera y meneaba sobre el labio superior un bigote inexistente. Poco a poco fue deteniéndose, apagándose, hasta que, con un estremecimiento final, pareció despertar de un sueño. Cuando me sonrió, comprobé que el espíritu de Charlot había dejado de poseerlo.

–Yo no puedo llevarte –dijo–. Pero habla con Gemma. Ella te llevará.

Me dio un número de teléfono: Gemma se había trasladado a vivir a casa de una amiga en la calle Hortaleza. El teléfono era el de la tienda de ropa en la que trabajaba.

–Pero ten cuidado con los hombres de blanco, tío –me advirtió–. Atraparon a Lázaro, y nos atraparán a todos.

–¿Qué quieres decir?

Se echó a reír de repente, y comprendí que la risa era su forma de cambiar de tema, o más bien su silencio, o su pausa. Después, cuando me marchaba, me abrazó con fuerza.

–Adiós, amigo. Adiós, amigo.

–Adiós, Alfred.

–Dime una cosa: ¿qué es lo tuyo?

Lo comprendí de inmediato. Era una pregunta similar a la que me había hecho el viejo que se parecía a Borges.

–Jodie Foster.

Sus ojos brillaron y sus labios se distendieron en una sonrisa enorme.

–Oh, oh... Estás colado total, ¿eh?

–Sí.

–Suerte, amigo.

–Igualmente, Alfred.

Dieciocho

Mi hijo ha salido a mí y yo he salido a mi padre: no necesitamos enfermedades para ser delgados y mansos. Pero el problema –ahora lo pienso ante estas dos imágenes, mi hijo que existe y duerme, mi padre que ha muerto y no existe, ambos silenciosos y lejanos–, el grave problema es que no actuamos, no hacemos nada, no dejamos rastros. Y no es que los Verdaguer seamos tontos, qué va, ni una pizca de tontos. Tampoco somos vagos. Javi saca buenas notas en el colegio, tiene amigos y nadie se queja de él. Se toma las cosas con tranquilidad, como su padre, o como el padre de su padre, o quizá como todos los anteriores padres de mi apellido. Nunca discute, simplemente contrapone su opinión si lo presionan. Accede a hacer sólo lo que quiere, pero de manera tan titubeante que no parece sino que hace lo que quieren los demás, con lo cual los demás se quedan satisfechos y él también. Y algo aún más difícil: ha aprendido a sonreír sin parecer bobo pero con la ingenuidad propia del bobo, o sea, del que no sabe por qué sonríe, con lo que su sonrisa resulta más espontánea. A veces se interrumpe un poco cuando habla, como si le costara traducir su pensamiento, pero tiene la rara habilidad de obtener la ayuda de los pensamientos de los demás. Es verdad que nunca termina una historia del todo, pero tampoco balbucea, y sus silencios adoptan la forma de puntos suspensivos, así que quien lo escucha se siente obligado a rellenar los espacios en blanco con su propia fantasía. Javi El Vengador sabe expresarse, como yo, pero da la impresión de hablar siempre de cosas inexpresables. Sin embargo, ni él ni yo ni mi padre hemos hecho nunca nada importante, sólo mirar lo que sucede a nuestro alrededor. Nunca fuimos niños tontos, pero lo hemos parecido a veces: como aquel chaval de *Platero y yo* que se sentaba a ver pasar a los demás y después, al morirse, se fue al cielo y se dedicó a ver pasar a los ángeles; o como si la tontería fuera una luz pequeña que nosotros proyectáramos y no nos cansáramos de contemplar su reflejo.

«Ahora duerme», me ha dicho la voz blanca.

Javi y yo sabemos lo mismo: que hay un guerrero dentro de él –puedo verlo ahora–, de ojos castaños como las hojas de los bosques en otoño, fuerza colosal y espíritu combativo que le brilla en la mirada como una hoguera. Lo llamamos «El Vengador», y siempre acompaña a mi hijo, aunque no lo parezca. Lo recuerdo –lo veo ahora– pescando en el río, en Semana Santa, el año pasado, aguardando con infinita paciencia el gesto del corcho, su espalda recta y delgada, su cabeza alargada y estrecha como un trompo –mucho más ancha por arriba–, el pelo lacio y brillante como un tesoro desperdiciado, mirando muy quieto las evoluciones del corcho y los juegos clarosscuros del agua, tan fuerte y heroico en su obstinado silencio. Su guerrero Vengador estaba con él.

«Ahora duerme», me ha dicho la voz de la noche.

Mi rezo consiste en decir: «Por favor, Dios mío, que no termine aquí. Quiero saber más cosas sobre su historia –como Vengador y como niño destinado a adulto–. Quiero saber más sobre su misteriosa narración. Quiero sentarme a verlo crecer, contemplar cómo se cuenta a sí mismo sin palabras, en imágenes preciosas que se desplieguen ante mis ojos. Mi hijo es una historia bellísima: no me importaría que continuara dormido para siempre, pero, por favor, que nunca termine».

Sigo contemplándolo en la oscuridad.

Soy una sombra. A veces lo somos en la oscuridad, cuando nuestra figura no importa y no hacemos ruido. Entro en la habitación como una sombra que se proyecta en un interior oscuro. La sombra de Andrea, agazapada en la butaca, las piernas encogidas, los pies cubiertos por la falda, sin zapatos, se levanta con lentitud. La sombra de Javi yace quieta sobre la cama, o quizás algo menos que su sombra, porque sólo percibo su silueta, aquello que no es cuerpo pero que posee sus dimensiones correctas y carece de rasgos. Alrededor de Andrea, un pequeño desorden –siempre existe alrededor de alguien que pasa largas horas encerrado, así ocurre en los viajes largos en avión, y supongo que también en las cárceles–: vasos de plástico en el suelo encajados entre sí como un juego de construcción, servilletas de papel arrugadas floreciendo en la boca del primer vaso, dos botellas de agua mineral ya vacías, los zapatos de tacón grueso, pañuelos de papel, dos revistas junto a su bolso –una de ellas doblada por una página–, el reloj de pulsera con los números fosforescentes apoyado en la mesilla de noche, junto al robot digital del reloj de Javi y los tebeos de Akira y Dragonball. Se acerca un instante y me habla al oído: «Van a restringir las visitas. Fortes quiere vernos mañana al mediodía. Van a comenzar con la quimioterapia, y eso le dejará un poco débil. Por eso me han dicho que no es conveniente que estemos tanto tiempo con él». Su voz es un susurro. Ha recogido sus cosas, se cuelga el bolso al hombro, se pone el reloj de pulsera. La butaca contiene aún su huella y un poco de su calor. Al sentarme, percibo también su perfume, y por un instante es como si ella me abrazara por la espalda. Apenas alcanzo a ver un poco del cabello rubio de Javi sobre la almohada, el lento vaivén de su respiración. Andrea es ahora el ruido de sus ropas al ponerse la chaqueta. Una tos lejana –en otra habitación– se deja oír como esos silencios expectantes entre escena y escena que a veces acontecen en las películas, en los que se percibe la sala como un inmenso vacío lleno de seres que respiran y tosen y frotan las ropas como élitros de grillos, también el silencio de antes o de después del sexo, con los jadeos sosegados pero todavía a oscuras. «¿Has cenado ya?», dice Andrea. «No, pero no importa.» «Hay bocadillos en la planta baja.» Y agrega: «Javier, por favor, ¿por qué no hablamos un poco sobre lo nuestro?». Al rato oigo de nuevo su voz: «Javier... fue culpa mía... ¡Me siento tan sola!». Un poco después, otra vez su voz: «Roberto no tuvo nada que ver. Fui yo. Yo quería que me besara. Quería... sentirme viva... Javier, ¿me escuchas?». Poco a poco, la última Andrea que queda, la de su tibieza y su perfume, se marcha también, se evapora bajo mi cuerpo y quedo solo por completo. Porque Javi no es compañía sino aquello que contemplamos, aquello que está frente a nosotros y que hemos venido a mirar. Decimos: «Vamos a ver a Javi», y eso hacemos: verlo.

Lo veo sentado en la orilla del río, de espaldas, con el afilado bambú de la caña de pescar sobresaliendo de su pelo –así de absurdas son a veces las imágenes, todo depende del ángulo escogido para mirar–, rodeado de hierbas altas, la gorra roja arrugada junto a él –en la visera, el furioso rostro de Akira golpeando con el puño–. Recuerdo la insistencia de Andrea en que se pusiera la gorra, porque el sol podía dañarle. Veo a Javi corriendo hacia el río con los aparejos de pesca y llevando la gorra en la mano. No quería ponérsela: decía que el sol no le molestaba y que la gorra, en cambio, le daba calor.

A veces un pez distraído se enganchaba en su anzuelo y tiraba del sedal y hundía el corcho entre un pequeño islote de espuma, pero él, encantado con la visión de los remolinos bruscos, del brillo de cuerda de violín del sedal tenso, se olvidaba de capturarlo. Laurita se burlaba pero yo lo comprendía, y me sentaba junto a mi hijo a contemplar cómo perdíamos el pez para siempre.

Diecinueve

Gemma me llevó a ver a Lázaro a la semana siguiente. Estaba esperándome en la Filmoteca el viernes por la tarde –siempre inquieta, fumando, dando breves paseos de un lado a otro del vestíbulo–, una pequeña figura de ropas negras envuelta en humo que parecía custodiar la entrada. Caminamos hacia su coche, aparcado no muy lejos, un pequeño utilitario blanco con abolladuras en ambos costados. No quise preguntar adónde me llevaba hasta que comprobé que salíamos de la ciudad por la carretera de Colmenar Viejo.

–Está ingresado en el hospital psiquiátrico –dijo, y añadió con sarcasmo–: Para variar.

El viaje fue silencioso y vívido como algunos sueños. No quise hablarle de Alfred ni de su decisión de abandonarlo, que me parecía muy lícita. Pensé, curiosamente, que mi relación con Gemma no era tan sincera y libre como la que mantenía con Alfred: con ella tenía que guardar las distancias, y eso hice.

En el horizonte las lomas se unían al lugar del cielo que ya se había olvidado del sol. Los cables eléctricos tendidos entre los postes formaban un intrincado tapiz que a veces interrumpían los cuerpos de los pájaros posados. Se advertían y dejaban de advertirse con igual prontitud casas de una sola planta y nichos rojos de paradas de autobuses.

–Ya llegamos –dijo Gemma en un momento dado.

Había una hilera de edificios no muy altos tras un recodo del camino. Allí plantado, un rectángulo metálico anunciaba: «Comunidad de Madrid. Consejería de Salud. Hospital Psiquiátrico». Una barrera como de paso a nivel nos detuvo, y un individuo asomado a una garita de cristal muy semejante a la taquilla de un cine examinó la documentación de Gemma y nos franqueó la entrada.

–No son horas de visita –dijo ella mientras aparcábamos cerca de los edificios–, pero se hacen excepciones en algunos casos, y ni Alfred ni yo podemos venir antes, así que...

Caminamos hacia un par de bloques de varias plantas unidos por una especie de puente o pasillo acristalado. Varios hombres sentados en el bordillo de la acera o paseando lentamente nos observaban. Pensé de repente en los habitantes de un pueblo diminuto y legendario, invisible en los mapas, olvidado incluso por los más viejos de la región, pero aún en pie frente al paso del tiempo, con sus gentes curiosas y precavidas aguardando inmóviles sobre la piedra de las calles.

–Esta vez lleva más de un mes ingresado –explicaba Gemma mientras nos dirigíamos a uno de los bloques–. Siempre pasa igual: le dan el alta, hace cualquier gilipollez y vuelve aquí.

–¿Qué es lo que hace?

–Ya te lo contará él mismo.

Entramos por una puerta doble en una sala un poco más oscura que el exterior. Cerré los ojos y los abrí un instante después. Había un amplio vestíbulo, pequeñas ventanas esmeriladas en hilera –una de ellas abierta: una oficina detrás–, escaleras y ascensores. Un individuo alto y delgado con pijama y bata azules y una toalla blanca al cuello nos observaba desde uno de los rellanos de la escalera: parecía el huésped de un hotel al que unos ruidos molestos han interrumpido su descanso nocturno. Otro hombre, vestido con camisa azul y corbata negra y sentado tras un pequeño mostrador cerca de la puerta, nos preguntó qué queríamos. Su uniforme me recordaba el de los acomodadores antiguos.

–Queremos ver a Lázaro... –dijo Gemma el nombre completo, que ya no recuerdo, y la planta donde se encontraba, y añadió–: conocemos el camino.

El hombre asintió y nos permitió pasar. Las paredes del ascensor eran de una tonalidad verde muy intensa, y cuando las puertas se cerraron, el color nos envolvió por completo. Pensé en las profundidades del mar iluminadas apenas por el sol. Era una visión acuática en la que influía también la ligera sensación de movimiento.

–Lázaro no tiene remedio: casi todo el tiempo se lo pasa en el hospital. Es una pena, porque Alfred y yo somos los únicos que lo visitamos. Su familia no es de Madrid, y hace tiempo que han roto todos los contactos con él, salvo una hermana, creo, que a veces viene a verlo en fechas señaladas. Pero es un tío muy especial, ya verás.

Las puertas del ascensor volvieron a abrirse tras un trayecto algo más breve que la conversación de Gemma. Individuos con pijamas y batas azules recorrían de un lado a otro los pasillos. La sensación que tuve fue la de haberme introducido de improviso en la vida íntima, doméstica, de una gran familia silenciosa, una familia cuyos integrantes poseían, más o menos, los mismos rasgos: inmensos ojos abiertos, bocas inmóviles, expresión de infinito asombro, como si se hallaran contemplando continuamente algo maravilloso.

Gemma conocía verdaderamente el camino: escogió uno de los pasillos, flanqueado por puertas oscuras horadadas por pequeñas ventanas rectangulares, se detuvo frente a una de ellas, escudriñó a través de la ventana y alzó la mano; entonces se apartó, y la puerta se abrió con lentitud. Debido a la posición en que me encontraba no pude ver quién había dentro. Desde la habitación emergía un poco de claridad, y advertí una sombra alargada cubriendo el rostro de Gemma, que miraba hacia arriba –Lázaro tenía que ser muy alto– y sonreía.

–Hola, Lázaro. Hoy he traído a un amigo. A Javier. Ya te avisé que vendría.

Me dejó paso y avancé un poco para descubrir la figura que había más allá de aquella sombra.

–Soy como una veleta que no sabía lo que era el viento y, por lo tanto, no sabía que era una veleta. Llegó el viento, me movió y dije: «Ahora sé lo que soy, una mierda de veleta». Y pensé después: «Pero ha valido la pena, porque me he movido».

El flexo encendido estaba vuelto hacia la pared blanca y Lázaro hablaba manoseando su luz: fabricaba sombras chinescas incomprensibles, proyectadas sobre la cal irregular, torneadas con gestos de escultor por el resplandor de sus manos. Su voz no tenía arribas ni abajos, ni valles ni montañas, ni sol ni nubes. Su melodía era larga y monótona, como su figura. Hablaba sin errores, parecía re-

citar un guión aprendido. Miraba con verdadera pasión
el brillo del flexo vuelto hacia su rostro, pero no se des-
lumbraba. De vez en cuando observaba las proyecciones
que sus dedos creaban en la pared.

–Yo soy cine –dijo.

Y Gemma y yo nos pusimos a contemplarlo sentados
en butacas con la tapicería raída mientras él nos hablaba
desde el borde de la cama. Nadie compartía la habitación
con Lázaro, y nadie nos molestó durante un rato. Era un
cuarto pequeño, con dos camas, una mesilla de noche sobre la que se hallaba un sencillo flexo de metal y una única ventana hacia el exterior –el atardecer– que Lázaro
ocultó parcialmente con cartones. Entonces encendió la
luz del flexo e hizo girar la pantalla –una semiesfera de
metal– hasta recibir por completo su iridiscencia. La penumbra de la habitación convirtió su cuerpo iluminado,
por contraste, en algo aislado, casi irreal, concediendo incluso importancia a sus sonidos, divinizándolo dentro de
su sucio pijama azul de hospital, con aquel aspecto que
aparentaba más edad de la que sin duda tenía: la promi-
nente cabeza calva pero el cabello crecido en la nuca y tan
largo que desmentía la seriedad de la calvicie; los ojos ex-
cavados como si hubieran sido descubiertos como teso-
ros después de rebuscar en la profundidad de las órbitas,
el iris despejado, suave, de un color azulverdoso, la pupila
pequeña; una semibarba sin resquicios cubriendo su
mandíbula y su cuello, donde se pronunciaba la nuez;
orejas perforadas por anillas.

–Soy cine, porque mi vida tiene significado, y es imagen, y puedo narrarla.

Me explicó que, al narrarla, yo podría verla: lo vería co-
menzando Química en la Autónoma, bostezando frente a
los cálculos en su mesa de estudio de la biblioteca, fu-

mando porros en lugares ocultos de los pasillos; lo vería
estudiando arte dramático y técnica cinematográfica en
una academia particular; lo vería de nuevo en su mesa de
estudio, pero ahora interesado en escribir guiones de
cine; lo vería abandonando su carrera y su casa y filman-
do un pequeño cortometraje con dos actores y una cámara; lo vería ganando un premio juvenil con otro cortometraje y viajando a Londres, París y Amsterdam; lo vería
descubriendo la Filmoteca de la calle Soledad, lo vería
viendo hasta saciarse –hasta el infinito– *Los niños del pa-
raíso* de Marcel Carné, *Amanecer* de Murnau y *Metrópolis*
de Lang; mil horas de cine, dos mil, tres millares de horas
de cine; lo vería conociendo a Alfred y Gemma en una
academia particular de cinematografía donde había conseguido trabajo de profesor; lo vería abandonando por
fin este último medio de vida, convertido en un papel
arrugado que flotaba por las calles como una rosa arran-
cada al ritmo de un violinista ciego que se sentara en la
acera a tocar viejos valses –la comparación me abrumó
por su compleja belleza–; vería los ojos del médico –donde se reflejaban los suyos– que le vio anticuerpos en los
canales de la sangre; vería su cerebro rebosando locura
congelada; vería...

–Pero no debes pensar otra cosa: mi locura es cine. Me
he transformado en cine del todo –y comenzó una rápida
letanía de palabras y gestos que apenas entendí–. Se decidió que Marion fuera asesinada tras las cortinas de la du-
cha, pero nadie lo sabía, ni siquiera ella, y así, ¿ves?, llegaba la sombra y desplazaba la cortina, ¿ves?, y la boca de
Marion era de repente colosal, su grito abierto, por el que
sale agua de baño y sangre negra que se retuerce en el ojo
del desagüe, después en su ojo derecho ya muerto, circular... Madeleine y Judy son dos mujeres distintas, ¿lo sa-

bías?, pero todavía se cree que Kim Novak las interpretó a las dos. Mira esta mano y mira esta otra, y dime si no te parecen iguales y distintas a la vez... Kane hace girar su esfera de nieve artificial mientras recuerda su trineo, es doloroso vivir así, atrapado por un adorno en una casita nevada, tan redondo como esta sombra en la pared, ¿ves?... A veces distingo el cuerpo de Tadzio sentado en la cama, en esa otra cama, justo ahí donde te señalo, ¿lo ves?, por las noches, con su traje de gala y sus bucles dorados, sentado así, como esta silueta en la pared, suena música de Mahler y huele a aguas de canal. Puedo describírtelo si quieres: un rizo le cae sobre el párpado derecho, así, ¿ves?... Y, a veces, Alice aparece y desaparece, y vuela y baila sobre mis ojos dormidos... estas sombras que se mueven la imitan perfectamente, ¿ves su abrigo rojo? Y Lane... Cuéntale sobre Lane, Gemma.

–Lane es el personaje que interpretaba Mia Farrow en la película *September,* de Woody Allen –dijo Gemma–. Lázaro se emociona cuando habla de ella, porque la ama.

–He visto esa película –dije con suavidad–. Me gustó.

–Yo la vi en una de las sesiones especiales de la Filmoteca –afirmó Lázaro.

–Estuvo una semana viéndola sin parar –dijo Gemma, y me estremecí–. Una semana, tío. Cuando salió del cine se había vuelto loco: babeaba y gritaba, se golpeaba con las paredes, veía cosas raras... ¿No, Lázaro? Cuéntale a Javier.

Lázaro asintió.

–Veía una casa de luz amarilla –dijo–, pero ahora no puedo hablar sobre eso. Es doloroso, ¿sabes? Recuerdo a Lane y los ojos se me parten y los oídos me cantan una nana de jazz y Art Tatum y Ben Webster se aparecen con varitas mágicas y me tocan los oídos y quedo maldito para siempre. Estoy aquí por ella. ¿No te lo crees? ¿Por qué no llevas a Javier a ver la casa donde vive Lane? Así me creerá.

–Ya te creo –dije.

–Gemma, llévale a ver la casa donde vive Lane.

–Es una casa en ruinas, cerca de Alcorcón, donde Lázaro estuvo durmiendo hasta que la policía lo trajo aquí –explicó Gemma.

–Es una casa de resplandores dorados –dijo Lázaro–. Atardece siempre, y los espectros se mueven. ¿No te ha ocurrido nunca que tienes que saber mirar para ver un arco iris?

–Sí.

–Las cosas más hermosas son siempre muy difíciles de ver –dijo Lázaro–, pero con un esfuerzo de los ojos lo logras: hay que mirar bien, buscar el ángulo adecuado, y, cuando menos te lo esperas, allí lo ves, entre las nubes. Alguien te dice: «¿Dónde está?» Y tú dices: «Contémplalo desde esta posición, así, mira ese punto que te señalo: ¿ves las cintas transparentes?, ¿ves los colores pálidos?». Cuando estés en la casa de Lane, busca el ángulo apropiado y observa –elevó las manos y abrió los dedos: la sombra en la pared fue un pájaro de alas negras–. Cuando el sol se oculte y te ciegue un poco, entonces mira bien, busca el ángulo adecuado y observa: lo verás todo...

La conversación de Lázaro era inagotable. Pronto comprendí que de nada serviría hacerle ninguna pregunta, porque parecía incapaz de detenerse a contestar. Pero, además, todas sus palabras estaban rodeadas de gestos de sus manos realizados frente al flexo iluminado, que se traducían en sombras vacilantes en la pared. Al cabo de un rato empecé a no escucharlo y me concentré en aquellos ademanes; me pareció que eran su verdadero lenguaje, pero no los movimientos de las manos sino su proyección oscura. Él no se mostró molesto cuando dejé de contemplarlo para observar el juego múltiple de fantasmas que aparecían y desaparecían en la pared: era como si deseara que yo hiciese precisamente eso. Pensé que quería decirme algo con aquellas imágenes inconclusas y mudas, advertirme algo quizá, pero no logré entender el mensaje. Un poco después, Gemma, junto a mí, consultó su reloj.

–Bueno, Lázaro, debemos irnos ya –dijo.

Lázaro se interrumpió como si alguien lo hubiera desconectado, apagó el flexo y se levantó con dificultad. La pared volvió a ser completamente blanca. En violento contraste con su forma de hablar o con los gestos de sus manos, los movimientos de su cuerpo eran enormemente lentos. Pensé algo extraño: Lázaro buscaba la quietud absoluta, y sus gestos, tan pausados, eran en realidad los más veloces hacia la meta de la inmovilidad, porque a veces ocurre lo mismo con las cámaras antiguas, que su propia lentitud –de manivela– proyecta imágenes cada vez más apresuradas en la pantalla. Supuse que el tiempo de visita había terminado, y al ver que Gemma se incorporaba la imité. Ella salió primero de la habitación y me aguardó en el pasillo. Fue entonces cuando sentí la mano fuerte y larga de Lázaro aferrada a mi brazo con una presión casi dolorosa.

–Tu rostro se ilumina, Javier: tienes la mirada adecuada –dijo–. Tus ojos son ojos que miran. Tú eres de los nuestros. Tú perteneces al secreto. Has venido por eso, ¿verdad?

–Sí –murmuré.

–¿Vienes, Javier? –escuché la voz de Gemma.

Lázaro colocó el largo dedo índice en los labios y señaló hacia Gemma con un gesto de la cabeza. La puerta, entrecerrada, impedía que ella nos viera. El corazón me latía con fuerza.

–No podemos hablar aquí dentro –dijo–. Ve a la casa de Lane, y contémplala. No importa que hayas visto la película. Descúbrela. Una cosa es ver y otra muy distinta descubrir. Tus ojos descubren. Ve y descúbrela. Entonces vuelve otra tarde por aquí. Lo sabrás todo.

Me dio una palmada en el hombro con su mano recia y vibrante como un cable de alta tensión. Entonces volvió a hablar en voz alta mientras me dejaba salir:

–Javier, Javier. ¿Dos sílabas? ¿Tres? Eres un nombre escurridizo.

Veinte

El espejo tiene personalidad.

La personalidad del espejo está en el centro, y es de cristalcristal, un cristal que se refleja a sí mismo, un diamante vuelto del revés, la intimidad de un glaciar. Lo más parecido a la personalidad de un espejo sería una lentilla diseñada para el ojo de una mosca, si tal cosa pudiera existir. Pero como eso no existe, supongamos que las estrellas son los destellos de un inmenso cuarzo oscuro, y que Dios raspa con la uña en medio de la noche y revela el fabuloso mineral del cielo: así sería la personalidad del espejo, pero no podríamos verla –o sí, pero muy poco– porque quedaríamos ciegos por el resplandor. Laurita Laurel del Desierto me escucha con sus ojos muy abiertos, pero poco a poco los esconde y se duerme, y apago la luz de su cuarto y cierro el libro de cuentos.

Vuelvo a recordar esa historia hoy por la mañana, al contemplar la nueva habitación donde guardan a Javi, mucho más hermética y brillante, rodeada de cristales. En el centro colocan su cuerpo blanquísimo –diminuto, casi afilado– sobre una cama de bordes que destellan como joyas: la personalidad del espejo.

«Este primer tratamiento se llama de remisión, y con él intentaremos disminuir el número de células leucémicas, de acuerdo.» Andrea y yo nos esforzamos en escuchar al doctor Fortes y asentimos con un gesto cuando creemos entender, incluso cuando creemos no entender, porque da la impresión de que al doctor Fortes no se le puede contestar que no cuando dice: «De acuerdo». Escuchamos sus frases rápidas engastadas en una voz cavernosa. No nos mira mientras habla, pero se sabe mirado, y sabe reaccionar frente a las miradas: estudia los informes, baja los ojos –que parecen muebles barnizados, porque despiden luces pero no desde el interior sino desde la superficie, ojos esmerilados que no dejan ver los pensamientos–, juega con sus gruesas manos, se contempla las uñas. Jamás sorprendo el error fugaz de su mirada sobre mí, el interés por mi rostro. Sin embargo, nosotros lo observamos con voracidad, aunque parpadeando. Todo médico brilla en la mirada de alguien que lo necesita. Todo médico ciega: nadie puede contemplarlos sin pestañear. «Al mismo tiempo, hemos comenzado la profilaxis para impedir la afectación meníngea, desgraciadamente frecuente en los casos agudos. No estoy diciendo lo que va a ocurrir, señora, no soy adivino. Simplemente les informo de las posibilidades, de acuerdo. Si todo va bien, su hijo podrá marcharse a casa con otra pauta que se llama de mantenimiento. Debo advertirles que los fármacos utilizados en ambas pautas pueden producir varios efectos secundarios. Uno de los más llamativos es la caída del cabello, pero no deben preocuparse por esto.»

Javi El Vengador se va a quedar calvo. Eso le hace gracia a Laurita Laurel del Desierto, e incluso al propio Javi.

«Lo colgaremos del techo y lo encenderemos, porque será una bombilla», dice Laurita. En verdad que su cabeza tiene esa forma: es un trompo, o una pera al revés, o una bombilla de lámpara pequeña, y quizás también sea cierto que puede resplandecer, porque su piel se ha vuelto muy blanca y la que hay bajo el pelo siempre lo es más; se me antoja creer, aunque sea absurdo, que la cabeza de Javi podría terminar quedando más transparente que el cristal. La personalidad íntima del espejo.

«El niño está todo lo bien que puede estar teniendo en cuenta las circunstancias, de acuerdo. Me gustaría poder decirles que las cosas van a salir perfectas, señora, pero en Medicina no existe la perfección, de acuerdo.»

¿Por qué?, preguntaría Laurita con sus ojos inmensos. Porque nos quedaríamos ciegos.

Si Dios raspara con la uña el carbón que hay entre las estrellas y apareciera el cristal del cielo, nos quedaríamos ciegos.

Qué derroche de imágenes, pienso, cuántas cosas vemos que nada significan, qué inútil el tesoro que acumulan nuestros ojos, Dios mío. Y ahora que pienso en Dios, me pregunto: ¿por qué todo lo crucial es invisible?

Es la primera noche de sábado que pasamos juntos tras la restricción de las visitas. Ya no nos dejan quedarnos en el hospital, así que hemos decidido volver a casa. Acosté a Laurita mientras Andrea se desvestía y le leí uno de sus cuentos preferidos. Ella me miraba absorta. La expresión de su rostro era terriblemente parecida a la que su madre pone ahora contemplando la película. Entonces sus ojos se cerraron con tanta lentitud que durante cierto tiempo pensé que todavía me miraba; su respiración se armonizó con el silencio; la muñeca que abrazaba –de pelo platino y ojos azules– se transformó en un simple objeto brillante, una cosa llamativa que se inclinaba sobre su brazo izquierdo flexionado. Apagué la luz de la mesilla de noche y salí del cuarto suavemente. Después, Andrea y yo nos hemos puesto a ver la película de los sábados –*El hombre del traje blanco*–. Javi, lejano, encerrado en la habitación de vidrio del hospital, está más presente que nosotros, aunque sea invisible. Javi y Alec Guinness –ambos muy remotos– se disputan nuestra atención.

Lo que más me sorprende es que las noches de los sábados nunca han sido muy diferentes de ésta, aunque antes no había excusa para el silencio, sólo una película que ver. La enfermedad de Javi ha ejercido el mismo efecto que una luz: no ha originado nuestra incomunicación, pero ha «iluminado» la vida cotidiana, de modo que cada detalle se ha hecho ostentosamente visible. Sin la enfermedad de Javi, nuestra pequeña crisis doméstica hubiera pasado desapercibida. Es como si nuestra tragedia personal hubiera convertido los ojos en lentes de aumento que rastrearan cada suceso, cada ligera variación del entorno. Pero qué inútil esta colección de imágenes constantes, pienso, de cosas que se observan y nada significan.

Alec Guinness hace lo que sabía que iba a hacer, y camina por una calle desierta vestido con su traje blanco.

Se suceden días de visita en el hospital: compañeros de trabajo; los hermanos de Andrea; mi prima Luisa y su marido Joaquín; el director del colegio donde enseña Andrea; la directora del colegio al que va Javi; un grupo de alumnos de Andrea; un grupo de compañeros de Javi que le han escrito un poema y elaborado un póster en cartuli-

na verde que dice: «Javi ponte bien» en gruesos caracteres
con rotuladores de varios colores; también Roberto, dos
veces, una con Ana y otra sin ella, aunque a primera vista
no se percibe la diferencia, porque Ana no se hace notar, y
Roberto con ella es igual a Roberto sin ella, o Roberto con
ella es menos que Roberto sin ella, porque cuando ella
está ni siquiera existe la posibilidad de echarla de menos,
y entonces hasta su recuerdo desaparece, ya que hay personas cuya ausencia es su única presencia.

«¿Qué tal, Javier? –me palmea el hombro–. Caramba,
¿podemos hablar un rato?»

«Ya estamos hablando.»

Roberto me mira, emite un prolongado suspiro, mueve la cabeza.

«Javi se pondrá bien. Ya verás», dice.

«Ya veré.»

«Oye, si tienes algo contra mí, hablémoslo, coño. Pero
no se lo hagas pagar a Andrea. Está muy nerviosa.»

Las visitas acuden al reclamo de los días de fiesta –se
han sucedido varios en este puente de mayo–, en los que
venimos por las mañanas al hospital para pasar con Javi
el mayor tiempo posible, aunque, de hecho, apenas salimos de la sala de espera, que es donde nos permiten estar
a todos, ya que nadie puede entrar en su habitación salvo
Andrea y yo, y eso en contadas ocasiones. A Javi se le ve
desde lejos, tras la ventana rectangular, envuelto en blancura y cristal. El presidente de la compañía de seguros
donde trabajo viene el primer día con la expresión más
torcida que de costumbre. Se queja de que la prohibición
de fumar se extienda a todo el hospital, dice que es «absurdo», y acto seguido me dispensa de ir a la oficina por
tiempo indefinido. Añade que me comprende, que sabe
lo que estoy pasando, que él también ha caído en manos

de los médicos; arremete contra ellos en voz baja, interrumpido por breves toses. Despúes se marcha. Roberto decide quedarse un rato más.

«Mira, Javier, esta situación es absurda. ¿Qué te pasa? ¿Tan cabreado estás? No amargues más a Andrea con tu silencio, joder. ¡Hazlo por ella!»

La familia nos visita ese mismo día. Todos quieren ver a Javi, que se halla inmerso en su sueño y sus tebeos tras la ventana rectangular. Nadie puede entrar, aunque a la mayoría se le permite espiarlo un poco por el cristal. Frente a su nueva habitación hay una pequeña salita con algunas butacas, no la sala de espera de la planta, que es más grande pero se encuentra lejos, junto a los ascensores.

«Hablemos de hombre a hombre, Javier. He besado a Andrea, sí. Le tengo aprecio. No permitiría que le ocurriese nada malo. ¿Tienes celos? ¿Eso es lo que te pasa? ¿Que tienes celos?»

En esa salita nos sentamos Andrea y yo cuando no tenemos deseos de marcharnos a casa pero tampoco queremos molestarlo. A través de la ventana, que es muy amplia, puede verse perfectamente el interior de su habitación, igual que sucedía con la otra, pero ahora más, porque esta ventana es tan grande que casi forma una cuarta pared de cristal. Sin embargo, el hermetismo también es mayor. Lo vemos más pero lo tocamos menos. Una cortina, una especie de telón blanco de plástico, abarca la ventana por completo, y a veces sólo existe esa cortina desplegada, y si hay luz detrás se aprecian sombras, y si hay oscuridad, tan sólo fantasmas.

«¡Javier, coño! ¡Te estoy hablando!... ¡Javier, escúchame!...»

El pasillo lleva a otras habitaciones. Coincidiendo con la última visita del día –la de Roberto–, lo recorro sin nada que hacer y observo. Toda enfermera es igual a las demás. Todo médico es igual a los demás. Todo niño enfermo es igual a los demás. Las conversaciones son iguales entre sí. Es importante, por ello, recordar a tiempo los números, percibir y retener los detalles más tenues. Pero a veces olvido el número del pasillo, el número de su habitación, el número de la planta, el número del teléfono directo, el número de su sangre –los análisis–, el número de días, el número de tiempos... –las horas de visita, las horas de descanso–. Cuando regreso –el pasillo se enrosca sobre sí mismo–, Roberto ya no existe. Andrea y yo nos quedamos un poco más, pero huimos en cuanto llega la noche, o su número: porque la noche del hospital sólo llega en mi reloj, no hay ventanas en la sala de espera que puedan proyectarla. La luz de los hospitales siempre es blanca.

Y su aliento ahora sobre mí al acercarse, la ausencia de cuello, porque es una cabeza injertada –en efecto, injertada– en el cuerpo, el tórax de cilindro, el olor a alcohol, un olor ambiguo porque puede indicar triunfo o fracaso –en este caso olor a triunfo, pero igualmente desagradable, como si también el triunfo fuera ambiguo–, su traje ya no tan pulcro como la semana anterior –soy buen observador–, la corbata floreciendo del chaleco casi blanca, detalles que nada significan, pero ahora todos sobre mí, en gran pantalla, su rostro de planeta deshabitado, los minúsculos y temblorosos *ojos-párpados,* porque su mirada es *mitad-mitad,* y unas veces mira y otras parpadea, y su boquita entre la barbilla y la nariz emergiendo como una figurita de porcelana rosa. Primer plano de Roberto, Jefe de Creatividad. Después me abandona, disminuye de

tamaño y se dirige a Andrea, sentada en uno de los tresi-
llos de la sala de espera. De repente no sé a quién le está
hablando, a la madre o a la esposa, o quizá a la amante,
porque Andrea es todas ellas juntas. No sé a quién hace
sonreír en medio del caos, labor ingrata, qué duda cabe,
ya que Andrea termina siempre llorando sea cual sea la
emoción con que empiece. Paseo, regreso y descubro que
el brazo izquierdo de él reposa en el hombro de ella. Ambos se sorprenden y Roberto retira el brazo con poca rapidez, pero en coincidencia exacta con mi presencia, y
Andrea vuelve a llorar, pero no sé cuál de las tres Andreas
llora. Por un momento, durante un brevísimo tiempo
eterno, indefinible, deseo no existir para ellos, anularme,
ser sólo el extraño que se asoma a la sala y no los mira
–porque los desconoce–. De este modo, Roberto jamás
apartaría su brazo ni tendría la necesidad de excusarse.
«Le estaba diciendo a Andrea que no puede seguir así:
tiene que irse a casa a descansar, aquí no hace nada salvo
agotarse.» Muevo la cabeza en un gesto afirmativo y los
abandono. Deseo no volver a interrumpirlos. Oh, si yo
no existiera, pienso. Si yo no ocupara un espacio. Si yo no
amenazara con mi presencia. Y sin embargo, creo que se-
rían incapaces de continuar este debilísimo embrión de
relaciones íntimas sin mí: me necesitan para que los sor-
prenda, buscan el peligro constante de mi espionaje. Roberto, amante de las emociones imprevistas, le diría a
ella: «Javier se ha marchado otra vez, pero puede volver y
ver mi brazo sobre tu hombro y pensar cualquier cosa,
pobre Javier. ¿Nos arriesgamos?».

Hay relaciones que sólo viven de sus fallos, de los momentos que las estorban, del *interruptus* de sus placeres,
de sus cuantiosos finales. Hay relaciones entre dos que
necesitan siempre de una tercera presencia separadora

–porque si no, cómo experimentar la atracción–, un juez
que determine la distancia del duelo, una figura –como la
mía, pienso, alta y enjuta– que sirva de señal de peligro, la
imagen de un santo a quien rezar en silencio confiando
en que aparezca en el momento oportuno y trunque así la
excesiva intimidad. ¿No, Andrea? ¿No opinas lo mismo,
Roberto? ¿No? ¿No? ¿No?...

Lo contemplo desde la butaca, a través de la ventana rectangular.

Casi nunca coincido con su rostro, porque duerme con
la cara vuelta hacia un lado, el brazo encima, la mirada
oculta, y yo sólo veo su cabello rubio y escaso y la mitad
de su pecho donde el pijama aumenta cada vez más, pues
todo a su alrededor se ha vuelto grande: los tebeos, la
manta, la cabecera de la cama, y él ha dejado de crecer y
se oculta dentro, en su sueño triunfal, obligándome a
imaginarlo cada vez más, a tener fe en su presencia allí,
bajo las sábanas, a creerle como se cree en una figura de
luz a la que se reza esperando un milagro, o en el delgado
pavor de un espíritu durante una sesión de invocación,
con la ciega confianza con la que vemos cosas al cerrar los
ojos sin pensar que estamos enloqueciendo. Al contemplar la irregularidad de la sábana, la silueta débil que se
alza hacia la almohada, el valle y la loma, el lejano paisaje
de mi hijo, creo –en ambos sentidos, crear y creer– en su
presencia.

El sol apenas enciende el cuadro de la ventana. A ella
sólo llega un tenue resplandor amarillo. Gracias a esa luz
puedo saber cómo transcurre el tiempo de mi visita: primero lo arropa por completo, después desciende hasta su
brazo, busca el borde del lecho, el filo de la colcha, el suelo

de baldosas limpias –dejo de ver el rastro–. Por último, el cristal de la ventana se apaga. La luz es como una madre que se marchara en silencio después de contemplarlo largo rato y besar su frente. Adiós, adiós, sueña con los angelitos, niño mío. El atardecer abandona a Javi sin sonidos pero sin crueldad, con la suave lentitud de un vaso lleno de oro que se inclinara hasta gotear y vaciarse. El Vengador está junto a él y su piel es del color de esa despedida: el color de la piel de Akira, de las fotos pretéritas, de las películas que se queman en la pantalla...

Veintiuno

Pero no se depriman, que ahora viene lo bueno.

¡Oh, cuando les cuente la tarde en que Gemma me llevó a ver la misteriosa casa de Lázaro y todos los sucesos que en ella tuvieron lugar!

El crepúsculo se aquilataba en una sola esfera dorada, inmóvil, que no llegaba a cegar. Era una tarde que parecía poseer la nobleza de los antiguos reinos.

–Lázaro alucinaba literalmente con Mia Farrow en el papel de Lane –dijo Gemma–. Según él, vivieron juntos en esta casa. Nos contaba que ella llegó a quererlo «como un sueño puede querer a un loco». Ésas eran sus palabras –cambió de marcha y el interior del coche vibró un instante. Me agazapé contra la puerta cuando tomó una curva muy cerrada–. Ya verás, forma parte de un grupo de casas que están hechas pura ruina, pero se supone que en ellas habitaron hace tiempo los empleados de una central eléctrica de por allí. ¿Sabes lo que dice Lázaro? Que el interior de su mente es como esa casa. ¿Sabes por qué? Porque, según él, unos ven sólo ruinas y destrozos, pero

otros notarán que carece de paredes y que los pájaros ani-
dan en las habitaciones. Bonito, ¿no?

Tomamos la salida hacia Alcorcón, pero nos desvia-
mos por una comarcal pobremente asfaltada con escasas
señales indicadoras. Los terrenos a ambos lados estaban
cubiertos por monótonos cultivos que parecían no per-
tenecer a nadie. Gemma tuvo el detalle de añadir música
de Art Tatum y Ben Webster en el radiocasete, y las imágenes pálidas y los resplandores de la tarde que se extinguía se acompañaron, en mis ojos –que también oyen
cuando ven–, del rápido y nostálgico clarinete, el chas-
queo de las cuerdas y el piano débil como un rumor de
mieses: la banda sonora original de la película *September*.

Si no la han oído, compren el disco y óiganla. Es muy
buena.

De vez en cuando crecían grandes vallas publicitarias
anunciando que toda aquella zona iba a desaparecer muy
pronto –responsable: una empresa constructora–. La lenta partida de la tarde, con su áurea tonalidad de corona,
pareció fijar el tiempo hasta el punto de que cuando
Gemma detuvo el coche me pareció que mentía, que no
habíamos llegado aún.

Era una hondonada amplia. Más allá se erguían los ful-
gores quietos de unas torres metálicas de alta tensión.
Junto a la hondonada, varias ruinas de ladrillos oscuros y
paredes quemadas –no las que daban al atardecer, que
parecían arder aún–. Por entre las ventanas muertas, apenas rectangulares, se veía el vacío.

–Es ésa de allí. La más grande. Lázaro vivió en ella
completamente solo, aunque él dice que Lane lo acompañaba. Hacía fogatas y escuchaba música.

La tierra se hallaba sembrada de escombros, latas arrugadas –flores de plata que ninguna brisa removía–, plan-

tas débiles. Gemma fue la primera en salir del coche. No se
preocupó por saber si yo la seguía. Caminamos con rapidez hacia las ruinas color naranja. Eran antes color que
forma: llegaba primero la percepción de aquellas tonali-
dades de llama, luego la geometría rota de las paredes. No
había puertas: el destrozo dejaba al aire un vacío grande y
descuidado por el que tampoco necesitaba entrar la luz,
porque ya estaba en su interior –la oquedad era más importante que el obstáculo–, y ni siquiera existía un *interior:* sólo una franja cuadrilátera donde los escombros se
aglomeraban y los muros demarcaban habitaciones invisibles. Las escasas paredes mostraban heridas de papel
pintado, brotes rotos de cañerías, o cerámica mutilada de
lavabos –intimidad destrozada– con la presencia de una
bañera obscenamente desnuda. Una brisa suave hacía ondear la falda larga y negra de Gemma y mi propia chaqueta. Bajo nuestros pies, las cosas eran débiles y doradas, y
crujían o se desmenuzaban en pequeños fragmentos.

–Aquí vivía –Gemma se volvió para contemplarme haciendo visera con la mano, porque el sol la inundaba–. A
veces, por las noches, oía música de Cole Porter en un ca-
sete portátil, cantaba *On a slow boat to China* y encendía
muchas velas. Decía que la luz de las velas le evocaba la
película, o no era eso... La luz de las velas era como el cabello de Mia Farrow, un resplandor amarillo trigo. Ven
por aquí.

Avanzamos torpemente hasta un rectángulo de escombros. Me pregunté qué habitación sería: quizás el comedor, quizás el cuarto de un niño. En otra época se hubiera
podido caminar sobre la seguridad quieta de unas
baldosas que una mujer –seguramente una mujer– lim-
piaría todos los días. Cosas sin forma, cosas que ni siquiera la memoria reconocería al volverlas a ver –trozos de la

carne de las paredes, herrumbre retorcida y oxidada, todo aquello en que se transforman los objetos cuando quedan arrasados, no sólo rotos–, se disponían en un orden circular claramente elaborado por manos humanas en el centro de aquel rectángulo.

–Lázaro señaló aquí el lugar donde Lane se le aparecía. Nos decía que bailaban juntos en el centro de este círculo todas las noches. Y allí, en aquel montón de escombros... ¿Dónde estará el sofá?... Bueno, qué importa... Allí había un sofá, y Lázaro veía a Stephanie, Howard y Peter, los personajes de *September,* sentados en él. ¿Dónde habrá ido a parar el sofá?... Antes estaba allí...

Abrazó su cuerpo y quedó inmóvil. Yo estaba situado detrás de ella, por eso no pude notar que lloraba –lo supe después–, porque las lágrimas resbalaron en silencio por su rostro. Caminé sobre los escombros de oro y me detuve frente a una pared manchada con un garabato negro de aerosol. Parecía un signo cabalístico.

–Lázaro decía que ésa era la firma de Woody Allen –comentó Gemma, la voz quebrada por el llanto.

Se hallaba enmascarada por el cabello, aunque se lo apartaba con sus dedos pequeños. Las lágrimas le habían dejado un rostro nuevo, como formado por pequeñas líneas de oro blanco, debido a los últimos rayos del atardecer. Pensé que estaba hermosa como nunca antes lo había estado ni jamás lo estaría: esa belleza que sólo el ojo adivina y sabe detener antes de que logre huir como una paloma posada en el alféizar. Guardé aquella imagen de la única forma posible: cerrando los ojos con la sensación de cerrar un joyero.

Cuando los abrí, ella ya no me miraba.

–¿Qué te parece? ¡La firma de Woody Allen!... Hay que ver qué tonta me he puesto con los recuerdos... –se llevó

un dedo a los párpados y capturó las lágrimas con delicadeza–. La verdad es que apreciábamos mucho a Lázaro,
¿sabes? Nos ayudó cantidad cuando llegamos a Madrid...
Y ahora, pensar que está tan enfermo... Imagínate: más
de cien horas viendo la misma película...

Contemplé de nuevo la pintada de aerosol. No tenía ni
pies ni cabeza, unas veces me parecía una flor; otras, un
gran insecto.

–En fin, ésta es la casa. No hay nada más que ver. ¿Qué
te parece? Una chorrada, ¿verdad? Ya lo sé. Es una chorrada, pero él quería que te trajera y... –se encogió de hombros y movió lentamente la cabeza; al cabo de un breve silencio dijo algo muy extraño–: ¿Por qué somos incapaces
de desear tanto las cosas sin volvernos locos? ¡Joder...!

Entonces su llanto terminó de derramarse. Se acercó
dos pasos hacia mí y se detuvo, pero creí adivinar su intención. Extendí los brazos y Gemma se dejó envolver
por ellos. La sentí temblar y llorar mientras hablaba.

–Alfred ha terminado igual, lo sé... Sé que ya no tiene
remedio... ¡Ya no tiene... remedio... nada...! ¡El muy... capullo...! ¡Horas y horas en esa sala oscura, horas y horas...!

Se apartó de mí con un gesto brusco y caminó sobre las
ruinas hasta detenerse cerca del círculo de escombros. Su
figura de ropas negras, lejana e inmóvil, me hizo pensar
absurdamente en un sacerdote. Al cabo de un tiempo
–decidí dejarla sola– regresó vacilante, limpiándose la
cara con las manos. De nuevo mostraba su energía de
siempre.

–Bien, pues ya está. Ésta es la casa. ¿Regresamos?

–Podemos quedarnos hasta que anochezca, si te parece
–propuse.

–De acuerdo.

Nos sentamos frente a las piedras del círculo y aguardamos la llegada de las sombras. El sol se engastó lejos y dispersó las luces en forma de rayos de proyector. La oscuridad empezó a elaborarse; mis ojos podían paladearla lentamente, como un vino que madurara cada segundo. Todo fue ámbar al principio, y después azul remotísimo, un azul que parecía una visita de otro mundo, bello, antiguo y desconocido –el manto de un príncipe–. Quedé tan sobrecogido que por primera vez en mi vida hube de esforzarme en pensar que no estaba soñando. No supe si Gemma sentía lo mismo o sólo se dejaba llevar por mi silencio. En un momento dado oí su voz.

–Lázaro no te ha mentido: estudiaba Química pero su pasión era el cine. Dejó la universidad y trabajó una temporada en una escuela de cinematografía. Allí lo conocimos. Era un tío extraordinario, te lo juro, muy inteligente, con mucha personalidad y tal. Nos hicimos muy amigos los tres. Abandonó su trabajo cuando supo que era seropositivo, pasó por una serie de crisis muy profundas y dejamos de verlo durante un tiempo. Después apareció otra vez, pero ya no era el mismo. Su aspecto... Su manera de hablar... Todo en él era muy raro... Decía que había descubierto la verdad sobre el cine. Llevaba meses apuntado a esas terribles sesiones en la Filmoteca... Se gastó un pastón... No se hartaba de ver la misma película, sin parar. Nos dijo –y lo creo– que hubiera sido capaz de verla hasta el último día de su vida… Después nos trajo aquí... Vivía en este horrendo lugar, aunque te parezca mentira. Tenía un saco de dormir y comida. Había instalado una especie de tienda con una sábana y cuatro palos. Todas las noches hacía candela con madera y papeles. Por eso lo trincó la policía: porque vieron fuego y se intrigaron. Siempre termina ingresando en el manicomio. Se porta bien, le dan el alta y la policía vuelve a trincarlo al cabo de una semana o dos en este mismo lugar... Cuando vinimos con él aquí por primera vez nos enseñó el círculo de piedras, el sofá, la firma en la pared... Dijo que Lane vendría cuando nosotros nos marcháramos, que no podríamos verla. Lo recuerdo allí, de pie –señaló la oscuridad de los escombros–, hablándonos... Nos decía que cuando se ve una película muchas veces seguidas, se te queda impresa en la retina, como una luz fuerte... A él se le quedaba Mia Farrow... Mia Farrow era su mancha en la retina: la veía ir y venir, la veía junto a él en la cama, la veía en el cielo cuando miraba el vuelo de un pájaro, la veía en el horizonte, o filtrándose por las paredes... Estuvimos viniendo aquí y escuchando sus paridas mentales hasta que logré convencer a Alfred para que no volviéramos más. Eso es todo lo que ocurrió con Lázaro. Pero yo ya he cumplido. Alfred quería que te llevara a verlo, y Lázaro quería que te trajera aquí, y yo ya he cumplido. Pensarás que ha sido una pérdida de tiempo...

–No, no pienso eso. Me ha gustado mucho conocer a Lázaro y ver todo esto.

Me miró con atención entre las sombras.

–Es curioso, tío: nos hemos visto varias veces y ni siquiera sé a lo que te dedicas... ¿Quién eres? ¿Estás casado? ¿Tienes hijos?

Durante un instante no dije nada. Por fin repliqué:

–Sería ridículo hablar de eso ahora.

–¿Qué te ocurre?

Contemplé con tranquilidad sus ojos oscuros.

–Que me siento bien –dije.

Buscamos el coche en la oscuridad. Los faros ilumina-
ron las ruinas al marcharnos: luces débiles, doradas, pe-
rezosas como el aliento resplandeciente de un hada. En
ese instante pensé en la película –Gemma había vuelto a
encender el radiocasete, y sonaba música de Art Tatum y
Ben Webster–, y la figura de Mia Farrow, delgada, esbelta,
con camisa a cuadros y gafas metálicas, casi tomó forma
en el breve ámbito amarillo creado en las paredes. Me
sentía muy feliz, aunque no sabía por qué. Pensé que quizá Lázaro se refería a eso cuando me dijo que procurara
percibir bien todos los detalles.

Sólo hace falta un muro, incluso la ruina de un muro, y
una luz proyectada sobre él.

Tan sólo una luz y un muro para ser felices.

Veintidós

No ha sido verla besando a Roberto sino algo que ya existía mucho antes, algo que quizá no estaba en ella sino en mí, o entre los dos, una distancia infranqueable, unas diferencias, una rutina que no se puede romper, un abismo de silencio que ahora nos separa. Qué malo es convivir en ese silencio, lo pienso ahora mientras la veo alejarse por el pasillo. Pero más malo es mirar y ver sólo espaldas y figuras que se van: el pelo de Andrea, por ejemplo, su mancha de pelo negro vacía de significados, no sus ojos, únicamente su pelo. Algo malo sucede cuando sólo se ven espaldas, o brazos que disfrazan el rostro que duerme, o sábanas y colchas sin forma, o tejidos de ropa embalsamando los cuerpos. Pero peor aún ver espaldas, porque no somos humanos por detrás, lo pienso ahora mientras la veo alejarse por el pasillo lleno de luz: la espalda de Andrea no sonríe, no piensa, no me mira, no tiene facciones. Y peor es oír las voces sin ver los labios, hablarnos desde la defensa de la nuca, a punto de irnos, inquietos como pájaros que van a emprender el vuelo en direcciones opuestas.

«¿Vas hoy por el hospital?»

«No sé. ¿Por qué?»

«Por nada.»

Preguntar al vacío, como ahora. Volver la cabeza y decir «Sí» o «No sé» a la puerta por donde un segundo antes entraba la silueta que nos había preguntado. Malo es oír la voz amordazada por la espalda.

«El viernes nos dirá Fortes los primeros resultados del tratamiento.»

«¿Qué dices? No te oigo.»

«Que el viernes...»

Qué malo es hablar desde otra habitación, como un espectro, y no escuchar bien lo que se dice en la distancia.

«Que el viernes nos dirá Fortes el resultado del tratamiento.»

Pero peor aún llegar hasta la voz y, justo en el instante de descubrirla, evitar el rostro con los ojos y ofrecer la espalda sabiendo que da igual, porque la voz ofrece la suya, espalda contra espalda.

«Te lo digo para que estés pendiente, porque los viernes sueles irte al cine.»

«De acuerdo.»

Andrea ordena enérgicamente la ropa sobre la cama. Qué malo es dedicarle a esa ropa toda la atención que no nos dedicamos entre nosotros. Pero peor es trazar distancias en la casa: pensar en la longitud de los pasillos, en la posibilidad de las habitaciones, en las puertas que se abren, en los errores, los encuentros fugaces, tropezar con la figura del otro por equivocación y pedir perdón como se suele hacer entre desconocidos. Qué malo es equivocarnos cuando queremos mostrar orgullo –pero al mismo tiempo tan frecuente, oh tan frecuente–, abrir demasiado rápido la puerta, descubrir a Andrea que va a salir, tropezar y decir:

«Perdón.»

Qué malo es mirar un rostro como se mira una excepción. Y cuando así ocurre, peor aún es buscar en los ojos, no una mirada, ni siquiera la remota intención de una mirada, sino una lágrima, una expresión de arrepentimiento. Y qué malo es tener que compartir una cama con una silueta, con un determinado volumen de cabellos y de piel, con algo que respira y obliga a pensar.

Peor, muchísimo peor, es comprobar que ella se duerme antes.

Veintitrés

La vida de Lázaro era remota, como si él mismo no estuviera en él y yo contemplara un cuerpo abandonado que alguien moviera a distancia. Más extraño: una grabación. Un hombre ya muerto que hubiera dejado su mensaje en aquellos labios apenas móviles, en su rostro inexpresivo. Su tono de voz era siempre el de aquel que pronuncia sus últimas palabras.

¿Qué me contó en aquellas horas tardías, cada semana, cuando yo iba a visitarlo? No lo recuerdo todo, y hubo cosas más importantes que otras. Pero casi todo lo que me dijo fue interesante. Vean, si no:

–No han roto mis sueños. Me hallaron con Lane y me trajeron aquí, pero no han podido conmigo.

Paseábamos siempre por el mismo lugar, el campo que pertenecía al propio hospital: un espacio amplio cubierto de césped con el vacío rectángulo de dos porterías de fútbol a cada extremo rodeado por una alambrada romboidal donde pendían como antenas o misteriosos diapasones las agujas de pino de un bosque contiguo. Al atardecer –siempre era crepúsculo en mis visitas– la especial situa-

ción del sol desvelaba el planeo de incontables motas de
polen. Se advertían en el horizonte, por la zona despejada
de bosque, lejanas lomas doradas y un arrecife rosado de
casas –Alcobendas, probablemente–. Paseábamos y ha-
blábamos sobre un fondo de pájaros inquietos y el rumor
grave de unas aspas de depuradora cercana. No lo recuerdo todo –su voz también era un rumor: un pájaro no hubiera reconocido en ella la voz de un hombre–, y hubo cosas más y menos importantes.

De la primera tarde, sin embargo, una semana después
de mi visita a la casa en ruinas, conservo una historia ví-
vida no sólo de sus palabras sino aun de sus gestos, de sus
miradas furtivas al bosque, de su forma rígida de caminar, de aquella palidez suave de su rostro que ni siquiera
la luz de la tarde podía enardecer, de los cabellos largos de
su nuca agitados en la misma dirección que los faldones
de su bata azul marino.

–¿A quiénes te refieres cuando dices «me trajeron
aquí»? –le pregunté.

Me observó un instante sin dejar de caminar.

–A los hombres de blanco –dijo–. ¿No los has visto
nunca?

–No. ¿Quiénes son?

–No lo sé, pero olfatean nuestro rastro como sabue-
sos, nos tienden trampas y nos cazan. Entonces nos ex-
terminan. A un amigo que tuve le obligaron a cortarse
las venas. A mí me presionaron para que me quitara la
vida, y siguen haciéndolo. Pero yo ya estoy demasiado
lejos de mis deseos, saben que no pueden doblegarme
fácilmente, así que me encerraron aquí. Supongo que
me eliminarán algún día. Ahora van tras la pista de Alfred. No sé quiénes son, pero sé que son nuestros ene-
migos.

Lázaro había dicho «nuestros», y esa palabra contenía una especie de calidez: me sentí dentro de ella como abrazado por hermanos que aún no conocía.

–¿Qué somos nosotros? –pregunté entonces.

Era una pregunta extraña, pero la respuesta lo fue aún más:

–Cinéfilos. Nos gusta la oscuridad, el interior de los cines, la noche, las imágenes iluminadas. El cine es nuestro lugar de reunión. No todos los cines: sólo algunos, como la Filmoteca Soledad. Nos reunimos en la oscuridad de los cines y miramos hacia una sola luz durante horas, días enteros... Entonces compartimos las mismas visiones y los mismos sueños.

Recordé al viejo que se parecía a Borges, a Alfred, quizá también al coleccionista de Ballesta... Cinéfilos. El nombre, en labios de Lázaro, sonaba a una exótica y llamativa nueva clase de planta.

–Pero los cinéfilos son personas a las que les gusta el cine –dije–. Tú hablas de ellos como si fueran miembros de una secta religiosa.

Se detuvo para coger una de las agujas de pino atrapadas en el enrejado. Hizo vibrar los débiles tallos mientras hablaba.

–Realmente formamos una secta, Javier. Y puede que no lo sepas, pero tú eres tan cinéfilo como nosotros. Los cinéfilos sabemos mirar, observamos hasta el más pequeño de los detalles. Nos comunicamos con gestos, con manipulación de objetos que brillan, movimiento de las manos... Un cinéfilo reconoce a otro en cuanto lo ve: ambos miran más allá de las apariencias, pero sin excluirlas. Es más: sin traspasarlas. Como si las apariencias fueran mucho más profundas de lo que son. Como si las apariencias tuvieran también una apariencia.

Pensé en el responsable de la programación y recordé la forma en que hacía girar el bolígrafo creando destellos regulares. O en los gestos del coleccionista de Ballesta. Eran cinéfilos, como yo. Por eso yo había sabido percibir sus mensajes. Lázaro prosiguió:

–Pero lo que más une a los cinéfilos es su secreto...

–Gemma me ha hablado de él –dije.

–No te habrá contado apenas nada. Gemma, a diferencia de Alfred, no es cinéfila. A Gemma no le obsesiona nada, no tiene nadie a quien adorar, no disfruta viendo una misma escena varias veces seguidas... No es mala persona, pero sólo le interesa vivir en paz y ganar dinero. Por lo tanto, Gemma no sabe nada sobre el secreto de los cinéfilos. O, mejor dicho, sabe lo mismo que tú y yo. Porque el secreto de los cinéfilos tiene una característica: todo el mundo lo conoce.

–No, yo no lo conozco –dije.

Lázaro entornó los párpados. Con un sobresalto fugaz, un grupo de palomas se desprendió de repente del césped, como si la mirada de Lázaro las hubiera alarmado. Cuando habló de nuevo, lo hizo sin tomar aliento y sin ninguna clase de entonación. Parecía recitar un complicado silogismo:

–Todos lo hemos sabido siempre pero nadie lo revela. Es el secreto mejor guardado del mundo porque ni siquiera nos lo contamos a nosotros mismos. Y esto es debido a que, aunque crees entenderlo, no puedes explicarlo, sólo puedes verlo. Sin embargo, cuando lo ves, sabes de inmediato que es verdad y que tú ya lo sabías. Pero hay personas que sí lo pueden explicar: yo soy una de ellas. No obstante, para saberlo explicar tienes que entenderlo primero, y cuando llegas a entenderlo dejas de entender cualquier otra cosa. Ya no comprendes nada más, salvo eso. Y resulta inútil, porque cuando lo explicas, nadie te entiende, salvo tú mismo.

–Qué absurdo.

Lázaro volvió a detenerse frente al bosque. Miraba los árboles y la oscuridad verde del fondo como si contemplara algo inevitable pero poco importante. Así lo miraba todo en realidad: como si tuviera que resignarse ante lo que veía. Su rostro cobraba más palidez bajo la sombra de las ramas.

–Quizá, si probaras a contármelo... –murmuré–. Es posible que algún día llegara a entenderlo...

Me observó con la misma mirada, desviándola de la cuantiosa oscuridad de los árboles sin que sus ojos mostraran el cambio, como la lente de una cámara hace travelling hasta enfocar un objeto completamente distinto.

–Hay dos vidas, Javier.

–¿Qué?

–Todos los seres humanos tenemos dos vidas. Ahora mismo estás viviendo una de ellas, pero posees otra completamente opuesta –enarboló las agujas de pino y señaló su doble tallo–. Como esta planta: dos caminos que se hallan indisolublemente unidos.

–¿Quieres decir que vivimos otra vida en otra especie de... dimensión?

–No. Quiero decir que vivimos dos clases de vida al mismo tiempo. Aunque no te des cuenta. Y no te das cuenta porque, en realidad, ambas vidas son iguales, pero una avanza hacia el sueño y la otra huye de él. La mayor parte de la gente no es consciente de esto porque no las ve. Sólo la vista es capaz de distinguirlas entre sí. Pero no basta con mirar: hay que saber hacerlo. Cuando se observa con detenimiento, se advierte la duplicidad.

–¿De qué forma?

–Igual que en el cine. En el cine ves dos clases de vidas: la que se desarrolla en la pantalla la llamamos ficticia; la del patio de butacas, real. Pero todo depende de la dirección de la luz y de nuestra mirada: si aquello que llamamos vida real se iluminara como una pantalla blanca y nosotros la contempláramos sentados a oscuras desde la ficción, invertiríamos las categorías.

–Es bastante complicado. Creo que eres más cinéfilo que yo.

–¿No lo entiendes?

–No –admití.

–Ya te dije que era inútil contártelo –sonrió tenuemente.

Veinticuatro

Me despierto. Andrea respira profundamente junto a mí. No sé por qué me he despertado, no recuerdo lo que soñaba. Sé que ahora estoy despierto y miro hacia la oscuridad. Los debilísimos resplandores que penetran entre las cortinas me dejan percibir poco a poco algunas formas: la espalda y el cabello de Andrea, los repliegues de la sábana, la inútil sombra de la lámpara en el techo.

Como el sueño no regresa, me pongo a recordar. El primer recuerdo se asocia a lo que estoy contemplando: la noche en que Andrea habló dormida y me despertó. Andrea habla en sueños a veces, y ella asegura que yo también. En ocasiones he jugado con la idea de que ambos hayamos mantenido un diálogo onírico durante nuestros quince años de cohabitación. Me intriga pensar en los temas que habríamos escogido. Recuerdo que aquella noche, por ejemplo, susurró: «Déjalo. Déjalo ahí. No lo toques más, por favor. Déjalo. Ya vale». Y volvió a dormirse. No sé a qué se refería, pero estoy seguro de que decía la verdad, porque cuando estamos despiertos casi siempre mentimos, así que es muy probable que, dormidos, seamos sinceros. «Déjalo. Déjalo ahí», dijo. «Ya lo dejo, Andrea –tuve deseos de responderle–, ya lo dejo, ¿ves?» Después pensé en la curiosa posibilidad de que yo también hablara en sueños. Me imaginé entablando un diálogo irracional con Andrea cada noche, una conversación de locos:

«Déjalo.» «Sí.» «No lo toques más.» «Es blanco puro.» «Por favor.» «Quizá tu abalorio...» «Ya vale.» «Sombras difusas»...

Últimamente apenas hablamos algo más de lo indispensable, pero esto no sólo se debe a los acontecimientos obvios, sino a que así ocurre siempre con todo el mundo: he llegado a la conclusión de que la vida es una relación entre sordomudos. Nuestros ojos ven desde el primer día, pero el lenguaje nos cuesta –quizá sospechamos su inutilidad–. No se puede hablar en el trabajo. No se puede hablar con el rostro que no nos mira en el autobús. No se puede hablar en casa, porque en casa comemos –la boca llena–, nos duchamos –soledad y agua–, vemos televisión –imagen, argumento, otros que hablan–, hablamos por teléfono –la espantosa experiencia de no ver el rostro de nuestro interlocutor: por lo tanto, no hablamos–, hacemos el amor –jadeos–o dormimos. Sin embargo, qué curioso: Andrea habla dormida.

Pero ahora respira, tan sólo. Quizá hasta nuestros sueños hayan enmudecido. O quizá...

Veinticinco

¡Pero fue tan interesante lo que me contó!...

Me contó que un emperador de un país lejano tenía una hija a la que quería complacer. El emperador ordenó entonces a sus mejores ingenieros y artistas la construcción de un fabuloso toro de bronce dorado. El interior de la figura debía ser completamente hueco, y su vientre, recubierto de láminas de oro, estaría perforado algo menos que un cedazo, algo menos que el enrejado de una jaula, pero lo suficiente para que entrara el aire; y habría una compuerta en ese vientre, un hueco capaz de recibir el cuerpo de un hombre; y entre las poderosas pezuñas metálicas reposarían varios braseros grandes; y su boca ocultaría el extraño laberinto de una trompeta. Cuando la figura estuvo terminada según sus deseos, el emperador, que era tan cruel como imaginativo, quiso probarla con uno de los artistas que habían ayudado a diseñarla. Encerraron al desdichado en el interior cóncavo del toro y los braseros ardieron hasta que el vientre de metal cegó de blancura a cuantos lo contemplaban. Pero los horribles gritos de la víctima que se quemaba viva en su inte-

rior emergían transformados en una hermosa coral de
tubas, un canto de ángeles desterrados, melancólico y he-
chizante. Entonces el emperador invitó a su hija a oír la
voz de la estatua sin revelarle su terrible secreto, y la in-
genua muchacha se deleitó al escuchar aquella sublime
melodía de metal. Pasaron muchos años antes de que
descubriera, horrorizada, que la música que a partir de
entonces había escuchado cada tarde, la música que le hacía llorar de amor y atisbar maravillas imposibles, procedía de los aullidos unánimes de la carne de hombres y
mujeres que se carbonizaba en el interior de la figura. Se
ignoraba lo que había hecho la hija del emperador cuando supo la verdad, pero era posible imaginar que, pese a
todo, el ansia de belleza había extinguido la compasión, y
había continuado oyendo al toro de bronce.

Me contó todo eso y añadió:

–Es un cuento que no es un cuento. Es parte del secreto.

–¿De qué forma?

Yo sabía perfectamente que no podía estorbar sus silencios, que no podía apresurar su respuesta, ni siquiera
desearla –como no se puede comenzar a elaborar la intención de querer mirar a un pájaro posado en nuestra
ventana por casualidad, ni el simple deseo de hacerlo,
porque hay algo que escapa: si el pájaro no huye, huye su
naturaleza, y ya no es él sino su alerta o su precaución, su
cuerpo rígido, su sospecha, su imperioso instinto de so-
brevivir–, pero a veces los silencios me exasperaban y la
espera se me hacía imposible. Lázaro me enseñaba a esperar desobedeciendo mis preguntas. Aquella tarde, por
ejemplo, no quiso hablar nada más, pero en una visita
posterior me desveló la metáfora de la historia:

–Hay una vida que es una figura dorada que canta cosas maravillosas. Hay otra que es un cuerpo torturado

que grita de dolor. Son dos vidas muy diferentes, Javier, pero no puedes separarlas: una está dentro de la otra.

–Pero la vida de la figura dorada es falsa –repliqué–. La verdadera, según tu ejemplo, es la otra, la del hombre torturado.

–En el fondo, ambas son verdaderas. Lo que ocurre es que existen al mismo tiempo.

–Te refieres a las dos vidas que mencionabas el otro día, ¿no es cierto? He estado reflexionando sobre el tema y no me percibo viviendo dos vidas distintas... Yo soy siempre el mismo.

–También lo es el condenado que grita en el interior de la estatua. Nosotros podemos vivir ignorantes, como ocurría al principio con la hija del emperador. Pero una vez que sabemos la verdad, debemos tomar una decisión...

–¿Qué decisión?

Se detuvo en su lánguido paseo y me observó fijamente.

–¿Seguiremos oyendo la música, a pesar de todo? O bien, ¿oiremos los gritos?

En otro momento me dijo:

–Estaba pensando en Lane. ¿Te acuerdas de la escena en la que sorprende a su mejor amiga, Stephanie, besando a Peter? Tendrías que ver lo que le afectó...

–Eso suele afectar a cualquiera –repuse.

–Lane es maravillosa, Javier. Me gustaría que la conocieras. ¿Cuántas veces has visto la película?

–Sólo una.

Negó con la cabeza.

–Pues aún no la conoces ni remotamente. Es una chica inteligente y dulce, algo neurótica. Se comporta siempre igual, comete los mismos errores, pero termina arrepintiéndose. «Me portaré mejor la próxima vez que me veas», me dijo un día. Pero siempre hace lo mismo, desde el principio hasta el final. Y lo peor de todo es que no puedo criticarla, porque yo también hago lo mismo desde el principio hasta el final, desde el amanecer al atardecer. ¿No recuerdas que esto que te estoy diciendo ya te lo dije ayer?

–No. Creo que es la primera vez que me lo dices.

Me miró con un débil dibujo de sonrisa en sus labios rodeados de sombras grises. Estaba flaco, demacrado. Una vena le latía en la sien, a la altura a la que nos disparamos al matarnos, como si fuera un botón indicador.

–Será que todavía es la primera vez que me ves –dijo.

–No. Ya te he visto otras veces.

–Pero es que aún no has llegado a mi final. Las veces anteriores son parte de lo mismo, igual que ésta. Cuando llegues a mi final comenzaré a repetirme y tú podrás decir: «Ya he visto *Lázaro*». Sólo cuando me veas muchas veces descubrirás algo: que nunca me repito exactamente igual. A Lane le pasa lo mismo. Hay pequeños detalles, diferencias sutiles...

De pronto, tuve miedo. La sensación pasó con afortunada rapidez, como el presentimiento de una muerte que después no se cumple, pero me dejó un regusto a terror. Era como si yo me hubiera inventado a Lázaro. El loco ideal. Supuse que aquella espantosa alucinación de génesis se debía a sus extrañas palabras. Pero también podía ser la consecuencia de un deseo privado de él mismo: poder ser inventado por mí. Para evitar el vértigo de aquella idea quise hacerle ver que estaba equivocado.

–Lázaro –me detuve para escoger cuidadosamente las palabras–. Lane es un personaje de película, no un ser real. Ya sé que te resulta difícil admitirlo, pero es así... Lo que ocurre es que has visto la misma película cientos de veces seguidas... Estás enfermo... Posiblemente se te hayan estropeado los ojos...

No me respondió. Miraba el crepúsculo sin parpadear, como un ciego. Todo su rostro parecía bañado de oro.

–Es posible que Lane no exista –dijo suavemente–. Pero cuando salga de aquí, volveré con ella.

–Si vuelves con ella, regresarás aquí –objeté.

Desvió la mirada del ocaso y me observó sin parpadear. Su respuesta fue inmediata y sorprendente:

–Ya lo sé. Pero si no vuelvo con ella, jamás saldré de aquí.

Veintiséis

La miro mientras se retoca: cutis blanco, huellas de bofetadas suaves e indoloras en sus mejillas, labios con la sangre fuera pero detenida, impávida, ahora los ojos, ahora el surco de las pestañas, ahora la profundidad del párpado, ahora la debilísima ceja, ahora difuminar las líneas de los años, ahora besar –¿a quién?– sin hacerlo, sólo para demostrarlo frente al reflejo y saber si sus labios están bien.

Contagiado de esos preparativos, yo también me ritualizo: recorto las puntas de mi bigote en el cuarto de baño, me peino los cabellos grises hacia atrás –aunque mi pelo rizado no necesita con frecuencia del cepillo–, me abrocho la camisa celeste con el cuello abierto, no me pongo corbata –voy al hospital, no a la oficina–, me ajusto el cinturón gris, elijo el traje color crema...

Da igual, va a dar igual de cualquier modo.

Observo mis ojos azules. Los observo con ellos mismos, a su altura. Acerco el rostro al espejo para observarlos mejor, pero el vaho del aliento empaña la imagen, que se entorpece un poco, como esos planos artificiales del cine en que se pretende recrear un recuerdo...

Da igual lo que hagamos porque nuestras apariencias no importan.

Salimos maquillados hacia la terrible cercanía del ascensor, de allí al coche, y de allí a la avenida grande, al tráfico, inundados ambos de perfume, ambos disfrazados.

Nuestras máscaras ya están en su sitio.

Y como si sólo hubiera existido esa imagen, comenzamos a mirar por primera vez cuando la boca del doctor Fortes se abre en una O negra y vacía frente a nosotros, como si un jirón de viento nos hubiese impulsado los ojos hacia esa oscuridad entre sus labios.

Veintisiete

¡Vi Lázaro! ¿Lo han visto ustedes? ¡Vayan a verlo! ¡Yo lo vi todo, por completo! ¡Era muy bueno! ¡Les aseguro que les gustará verlo! ¡Vayan! ¡Vayan!...

Su final llegó en la sala de espera de su planta, mientras contemplábamos la ventana cerrada. Nunca supe cuál era su enfermedad, pero sí que había probado muchas drogas, aunque por la misma razón que Alfred: para dejar de ver –en contra de lo usual–, y eso había provocado una isla en sus pensamientos, un espacio para contener algunos, nada más. Cuando los ofrecía todos, venía el final. Él lo creía así y con eso bastaba.

–Tengo sólo cuatro esquinas –dijo–: cuando me rodees, volverás al mismo sitio. Los hombres poseen principio y fin, son historias que tú contemplas. Es fácil entenderme, por lo tanto: todo consiste en esperar a que acabe y reflexionar sobre lo que has visto.

Aquella tarde, la cuarta y última vez que lo vi, nos hallábamos solos en la pequeña sala de espera. La habitación tenía unas cuantas butacas y una ventana en la pared opuesta a la puerta. Más allá se erguía un atardecer moribundo. Al principio me limité a dejar que Lázaro tomase la palabra y dijera sus habituales absurdos con aquel tono de voz sin repliegues. Entonces fue cuando mencionó que esa misma tarde «finalizaría», y me dio la impresión de que, fuera lo que fuese aquello que quería decirme con eso, era evidente que ya no pensaba hablarme más, que ya no dejaría que continuara visitándolo. Por lo tanto, decidí hacerle las últimas preguntas:

–Lázaro: ¿qué es traspasar la ventana?

–Es no traspasarla –replicó–, y mirarla y verte tras ella.

–No lo comprendo.

–No comprendes tus enigmas. Yo repito únicamente lo que tú ya sabes.

–¿Quieres decir que yo conozco todas las respuestas?

–Sí. Las conoces.

–Soy un hombre mucho más sencillo de lo que piensas.

–Nadie es sencillo.

La puerta de la sala se abrió con cierto estrépito y entró un anciano en silla de ruedas. El pelo, abundante, blanco amarillento, no parecía pertenecerle. De su entrepierna emergía el breve tramo de un cable de goma que iba a parar a una bolsa llena de orines. Una mujer robusta que vestía de blanco empujaba la silla. Nos saludó al entrar: buenas tardes. Detuvo al viejo en la ventana, se agachó, los pantalones blancos se tensaron en la superficie de sus compactos muslos, examinó la bolsa, se levantó.

–Quédese un rato aquí, abuelo –dijo.

El anciano obedeció aquella extraña instrucción –no hubiera podido dejar de hacerlo–. Sus dedos vibraban con finura, como si estuviera ejecutando un dificilísimo bordado. La silla de ruedas se hallaba frente a la ventana de la sala, y él también. Su barbilla temblaba como el hocico de un animal olfateando.

–¿Te diviertes? –me preguntó Lázaro de repente.

–¿Qué quieres decir?

–Que esta vida es falsa. Es divertida y emocionante pero falsa. Claro, que es falsa respecto de la otra. Y la otra es falsa respecto de ésta. Y ambas son falsas al mismo tiempo, porque no se puede convivir con la mentira sin imitarla. ¿Has visto alguna vez una moneda que sea válida por una cara y por la otra no?

El anciano contemplaba la ventana con tanta indiferencia que parecía que era la ventana la que lo contemplaba a él.

–No tengo conciencia de que existan dos vidas diferentes dentro de mí, ya te lo dije.

–Exacto. No tienes conciencia. Eso es. Sólo tus ojos lo saben. Tu mirada distingue una vida de la otra, pero sólo tú puedes decidir cuál deseas vivir, hacia cuál de las dos te volverás y cuál vas a dejar a tu espalda.

–No se puede vivir de espaldas a la realidad.

–Nunca lo haces: cuando miras algo lo conviertes en real. La música de la figura de bronce es real y los gritos de la víctima torturada también. Los personajes en las películas son tan reales como tú, todo depende de tus ojos, de la dirección de la luz y de tus ojos. Debes decidir hacia dónde vas a mirar. Ahora bien, nadie se vuelve hacia la luz del proyector. La luz del proyector es blanca y cegadora, y nadie puede mirarla porque daña los ojos. Lo que hacemos todos es sentarnos en la oscuridad y contemplar las imágenes proyectadas desde uno u otro lado de la pantalla. Hay que elegir hacia qué lado vas a mirar. Ésa es la elección.

No sabía por qué, pero aquel anciano inmóvil y silencioso frente a la ventana cerrada me desagradaba. Intenté concentrarme en las palabras de Lázaro.

–Háblame de los hombres de blanco.

–Son dañinos como la luz del proyector. Son como la pantalla en blanco. No te permiten ver nada, te obligan a desviar los ojos, a cerrarlos. Son tan brillantes que te ciegan. Te rodean de paredes blancas, encienden potentes luces que te queman las pupilas. Son...

–Me parece que me voy a volver loco si sigo escuchándote –lo interrumpí de repente.

–No: es que me estás mirando y me haces real. Y al hacerme real, enloqueces. Cuando dejes de mirarme, terminaré para ti.

De pronto me sentí muy angustiado, casi con deseos de llorar. Era como si Lázaro tuviera todas las soluciones y me resultara imprescindible obtenerlas en aquel momento. Parecía que, en efecto, el simple hecho de mirarlo me hacía creer en todo lo que decía. Un ligero cambio de imagen –pensar que mi traje gris y mi gabardina eran el uniforme del hospital y que su pijama azul era la ropa de calle– invertía los términos con facilidad: yo era quien estaba encerrado y él se hallaba libre.

–Lázaro, ¿qué debo hacer? –murmuré.

–Elige, Javier: la música o los gritos. Ambos continuarán a pesar de tu elección. Pero tú eres de los que saben que hay dos caminos, así que ya no puedes vivir como los demás, avanzando por los dos a la vez. Debes elegir uno.

–¿Qué elegiste tú?

–La cocaína –sonrió–. Tuve una época muy buena con ella: la llamábamos la Reina, la Nieve, también la Nube. Escribí un día un poema que se titulaba así: «La nube». Creo que en plural: «Las nubes». Me sucede algo raro: no recuerdo el poema pero sí su inspiración. Quiero decir que ahora sé lo que nunca supe, porque jamás fui consciente de la idea que lo motivó, de aquello que me impul-

só a escribirlo. No me inspiré en la coca sino en el cine.
Dije que los actores de cine son nubes: cambian de forma
continuamente, se desvanecen, sólo puedes contemplarlos desde lejos, es inútil intentar llegar hasta sus personajes, ni siquiera ellos mismos pueden. Están frente a ti y
resplandecen como esas nubes... ¿las ves? –señaló la humareda sólida y ribeteada de oro que se distinguía en el
horizonte, en el espacio de cielo que dejaban ver los edificios tras la ventana cerrada–. No puedes tocarlas. No podrás hacerlo aunque vueles hasta ellas. Porque una nube
tan sólo es neblina, y cuando nos envuelve, lo único que
ocurre es que no vemos nada... Y piensas que tanto esfuerzo en mover los brazos y echar a volar, para después
hallarte dentro de una nube y no poder tocarla y apenas
ver otra cosa que un velo oscuro... Saber de antemano
que es algo inútil, que vas a frustrarte, a desperdiciar tu
vida fracasando... –de repente me miró con fijeza, y su
voz se hizo un murmullo tan suave como el de un amante
de película, un susurro de enamorado ideal–: pero yo te
invito a que fracases, Javier. Te invito a que fracases por
completo...

Cerró los ojos con estas últimas palabras y, sin saber
exactamente por qué, yo los cerré también.

Una breve oscuridad.

En asombrosa coincidencia, un arrullo suave de violines empezó a vibrar en la sala de espera. Creí que estaba
soñando: era una de esas melodías lánguidas que por lo
general indican el final de una película. Abrí los ojos, me
incorporé en el asiento y busqué su origen: provenía del
viejo de la silla de ruedas. Me levanté y me acerqué. Observé que entre sus manos temblorosas yacía un pequeño
aparato de radio, que sin duda el viejo había encendido
en aquel preciso momento. El volumen estaba al mínimo,

pero el silencio de la sala lo había hecho notorio. Me volví hacia Lázaro: parecía dormitar en la butaca. Ninguno de los dos me miraba. La música se deslizaba con la suavidad del silencio, y por fin se mezcló con él y ya no pude percibirla. Tras la ventana, el sol se ocultó por completo y sus rayos se apagaron. Entonces Lázaro abrió los ojos en la habitación oscura y volvió a hablar, pero no hacia mí sino hacia el techo de cal cuarteada:

–Soy como una veleta que no sabía lo que era el viento, y, por lo tanto, no sabía que era una veleta. Llegó el viento, me movió...

Veintiocho

Contemplo la boca de Fortes en el rostro de Andrea.

Las palabras de Fortes, los movimientos de sus labios, modulan el semblante de mi mujer. Fortes deshace la expresión de Andrea con su boca embrujada. Es como si él manejara con los dientes los hilos que mueven sus facciones.

«Lamentablemente...»

Andrea eleva las cejas hasta casi unirlas en el centro de la frente.

«...los primeros resultados...»

Los labios de Andrea se extienden aún más que su propia mueca, sus ojos se licúan: son como ojos sólidos que se derritieran en puntos gemelos de fulgor.

«...no son muy alentadores...»

De repente es hermoso ver esos diamantes en la mirada de Andrea, que brillan cada vez con más ímpetu, como si se hicieran más valiosos conforme la boca de Fortes los hechiza. Ella tiene las manos apretadas sobre el cierre del bolso, tan apretadas que los nudillos parecen blancos, pero esto no lo ve –no puede verlo– Fortes, porque Fortes sólo habla. Fortes es como un dios, o su oráculo, que al maldecirnos nos petrifica. A veces, viendo una película, se descubren escenas así. Pero el cine no tiene nada que ver con esto, porque los actores pueden llorar y ser hermosos al mismo tiempo, cosa que no ocurre con nosotros. Los actores pueden incluso apretar un cierre de bolso sin dañarse, o sin que los nudillos se les queden blancos, o reaccionar ante unas palabras intentando parecer sinceros, mostrando la emoción exacta que el espectador espera –porque un espectador siempre espera algo– de ellos. Los demás, el resto de los mortales, sólo podemos actuar como malos actores.

«...pero lo seguiremos intentando, de acuerdo.»

Extiendo mi mano derecha hacia Andrea, pero ella aparta las suyas –a la vez– y retira el bolso. No desea consuelo. Es como si pensara: «No me has hablado a lo largo de la semana, no has querido escucharme, así que déjame ahora a solas con mi propio dolor». Por un instante admiro su orgullo. Se ha teñido la madurez, se ha maquillado, se ha vuelto hermosa como un cuadro restaurado, sólo para sacrificarse con el llanto.

«...ya les dije que la Medicina no es una ciencia exacta...»

Andrea abre el bolso y busca algo, quizá un pañuelo de papel. La boca del doctor Fortes sigue hablando, monótona, imperturbable, como tras una pantalla –nosotros somos los espectadores–, sin importarle nuestras reacciones, recitando un guión aprendido. Pero ahora sucede algo: Andrea deja caer el bolso y no se agacha a recogerlo. Abre las manos y aparta los brazos, y su expresión es como si el bolso hubiera tenido vida propia y saltara de su regazo hacia el suelo, queriendo escapar. Entonces nos inclinamos ambos, fatalmente casuales, y tropezamos en la pugna: yo consigo entregárselo –ella podría haberlo cogido al mismo tiempo, pero me cede la cortesía– y todo finaliza. Nos incorporamos. La interrupción ha sido escueta pero absurda. Tan absurda, que siento ganas de gritarle a Fortes –su boca sigue perorando–: «¡El bolso se ha caído! ¿Es que no lo ve? ¡El bolso se ha caído! ¡Mírelo! ¡El bolso se ha caído!». Pero guardo silencio. Andrea se toca los ojos con el índice guarnecido en el pañuelo. Y de pronto, mi cuerpo resuena con mi propia voz:

«¿Qué posibilidades tenemos ahora, doctor?»

«Cuando el tratamiento de remisión falla, es necesario... Las posibilidades, ahora, por desgracia, son...»

Sus palabras parecen la letanía de un viejo hechizo: nos transforman, nos amedrentan, nos inmovilizan, nos hacen temblar. Pero lo que más me impresiona es su boca –de vez en cuando la cierra, y los labios forman una línea breve bajo el bigote oscuro, tan corto y simétrico como su cabello–, que continúa siendo oscura, el punto hacia el que converge nuestra mirada.

«Pero, bueno, ¿es que mi hijo se va a morir?»

«No, señora, no he dicho eso... Hacemos todo lo posible... ¿Acaso he dicho yo eso? No he dicho eso, señora, de acuerdo.»

Entra una enfermera de rostro arrugado pero párpados minuciosamente azules y labios pintados. No parece importarle nuestro llanto: imagino que ha visto llorar a mucha gente delante del doctor. Se inclina hacia Fortes y le dice algo. Andrea aprovecha para inclinarse hacia mí, en un gesto que es casi el reflejo elegante del de la enfermera, y también me dice algo, y ambos hombres escuchamos. Y Andrea dice: «Javier, ¿se me ha corrido el rímel?». Y acerca sus ojos a los míos con el gesto ambivalente de quien quiere mirar y ser mirado con atención. Sus ojos,

tan próximos ahora, sus ojos en un gigantesco primer
plano, el laberinto de sangre alrededor del círculo de color castaño, el centro geométrico y negro, el parpadeo simultáneo. «No», respondo. Fortes, a su vez, dice: «Que
espere, que espere, voy en seguida, de acuerdo. Esto no es
una consulta privada». «Yo sólo le digo lo que ese señor
me ha dicho.» Las muñecas de la enfermera están acora-
zadas de pulseras. Se coloca un bucle del pelo junto a la
oreja mientras Fortes se acaricia las gruesas mejillas bien
afeitadas.

No se ha corrido el rímel, afortunadamente.

Veo rostros: el de Fortes, inflexible, tranquilizador como
una roca sobre la que vive un náufrago, adosado al ce-
mento de su cabeza opulenta como un busto romano, rodeado por la estola fláccida, la culebra negra y acerada
que los médicos emplean para escuchar los latidos –he
olvidado su nombre: ¿estetoscopio?–, su boca negra flan-
queada por las enormes paredes de las mejillas, y el bigote, que no es áspero ni rebelde como el mío sino calmo
como un trocito de moqueta o de terciopelo o de piel de
gorro ruso. «Vamos a intentar otros tratamientos, señora, no se ponga así, de acuerdo. Me gustaría poder decirle...» Veo rostros: el de Andrea, transfigurado en una
máscara de teatro –la mueca del dolor–, las cejas erguidas
como hombres dormidos que despertaran sin querer le-
vantarse, los ojos afilados en dos ranuras curvas, las mejillas temblorosas y rojas como un niño con fiebre, la boca
como un gran ojo cerrado –la imagino hablándome y ver
sólo un globo ocular tras sus dientes–, la barbilla arrugada en infinitas huellas, acercándose a mí con todo su pelo
negro bien peinado. «Escucha», dice. Sus manos tendidas

como si yo no existiera, como si yo fuera su sueño y ella no se atreviese a comprobarlo. «Escucha, tenemos que hablar, Javier.»

Yo la miro y me veo abrazado a ella en el doble espejo del dormitorio, de cuerpo entero y de medio cuerpo, en dos ángulos, dos abrazos, arrugas y pliegues de los vestidos, luz eléctrica de las bombillas de la lámpara.

«Hemos pasado una semana horrible –dice–, esquivándonos cuando nos veíamos, huyendo del otro. Quizá haya sido culpa mía: quería hablarte de lo que ocurrió con Roberto, pero tú no querías escucharme. Ahora te lo diré aunque no me escuches: lo de Roberto y yo no es nada, Javier, nada. ¿Comprendes lo que significa *nada*?» «Sí.» «No es nada. Nada.» «Ya lo sé.» «Yo estaba nerviosa, necesitaba alguna clase de consuelo, de apoyo, y tú andabas como perdido en tus pensamientos... Siempre has sido así, pero últimamente te noto más perdido que nunca... Sí, ya sé que lo de Javi te ha afectado mucho, mi pobre Javier, ya lo sé. Javi y tú estáis muy unidos y... Sé que te ha afectado tanto que ni siquiera te lo demuestras a ti mismo. Pero es que yo te necesitaba y no te tenía, ¿entiendes? Te buscaba y no te tenía. Necesitaba alguna clase de apoyo, de ternura, porque lo de Javi también me... –su voz llora sin transición sobre mi hombro–, lo de Javi, Dios mío, me tiene... nos tiene, quiero decir, desesperados, ¿verdad? Y más, después de lo que nos acaba de decir Fortes esta mañana, ¿verdad?... Porque pensamos que... Creemos que... –se derrama inconexa en un llanto frágil como un acantilado que se derrumbara de repente, como una cosa orgánica que cayera entre grumos, ruidos húmedos–, dios mío, tenemos que estar unidos, javier –dice rápido, en una sola línea verbal, en minúsculas los nombres propios– javier, javier, unidos, porque nuestro

hijo se... –una última palabra sobre mi hombro, muy agu-
da, indescifrable, aunque creo saber cuál es– dios mío
–en minúsculas el nombre– dios mío, dios, nuestro hijo,
javier, nuestro hijo», en minúsculas todo, y sílabas largas,
estiradas, imposibles, casi infinitas. Veo cosas: las franjas
verdes, azules, rojas, malvas, amarillas, naranjas, las rayas de un chal peruano, mi toalla a franjas con la que me
seco el rostro recién lavado. «Javier –ya en mayúsculas,
otra vez respetando la ortografía de su voz, otra vez dig-
na–. Javier, ¿escuchaste lo que te dije antes?» «Sí.» «¿Qué
te ocurre? ¿No me crees?» «Nada.» «¿Qué?» «Que no me
ocurre nada.» «¿En qué piensas?» «En nada.» «Javier, yo
he sido sincera. Por favor, tú también podrías...» Veo
cosas: la colcha arrugada, la colcha que nadie alisa
ya, Dios sabrá por qué ver la colcha así me horroriza tanto, Dios sabrá por qué la aliso yo mismo, con la suavidad
con la que peinaría a un niño.

Veintinueve

Pero ¡qué aventura la mía! ¡Con qué ánimo me dispuse a emprenderla!

No se lo van a creer, pero cuando regresé a la Filmoteca a la semana siguiente, la encontré cerrada. ¡Cerrada! Imagínenme allí, de pie, tan alto y enjuto como soy, contemplando con paralizado asombro el vestíbulo silencioso, la taquilla deshabitada, las puertas encadenadas y las cadenas selladas con candados. ¡Y sin carteles que explicaran aquella clausura! ¿Por qué? ¿Qué sucedía? Ya iba a dar media vuelta para marcharme, cuando se me ocurrió –no comprendo muy bien el motivo de mi ocurrencia– examinar la parte trasera del local. A tal fin, me introduje por la calle paralela a Soledad.

Descubrí que la espalda del cine albergaba una especie de oficina. La puerta estaba cerrada. Llamé. ¡Adivinen quién me abrió! ¿El responsable de la programación? No tanto. ¡La taquillera! En efecto: aquella dama de ademanes morosos y expresiones blandas. Me dijo que pasara, y así lo hice. El lugar era realmente una pequeña oficina que olía a humedad por los cuatro costados. Había un escritorio, un paragüero y un tablero de corcho para colocar notas clavadas con chinchetas. Ella se sentó tras el escritorio y continuó la tarea que, sin duda, había interrumpido para dejarme paso –limarse las uñas con una diminuta lima rosada– mientras explicaba:

–Hemos preferido cerrar el cine al público, por lo que sucedió la semana pasada... ¿No se ha enterado usted? Salió en los periódicos... Hombre, no en primera página, claro, pero... –Y aquí soltó una pequeña risita de soprano–. Un señor, un anciano, uno de nuestros clientes, vamos, que falleció en la sala pequeña... durante una sesión de cuarenta y ocho horas con *Mata Hari,* esa película tan antigua de Greta Garbo... Le dio un ataque al corazón al pobre hombre, y se quedó tieso como un pajarito... Sí, una pena... ¡Ya le dijimos que no se apuntara a tantas sesiones seguidas, que a su edad no era bueno! Pero él, dale que dale... Esto es lo que tiene el cine, ¿ve usted?... A mí me parece que es como comer gusanitos. ¿Le gustan a usted los gusanitos? A mí me chiflan. Pero empieza uno comiendo un gusanito, después otro, y otro... Y ya no para. Pues con el cine ocurre lo mismo. En fin... Como usted comprenderá, hemos decidido cerrar al público durante un tiempo, hasta que pase la borrasca... Desde luego, la sala pequeña sigue habilitada... pero de forma clandestina, para grandes sesiones, ya me entiende...

–Quiero una sesión especial con *El silencio de los corderos* –dije.

Se atusó los rizos con un gesto delicado.

–¿De cuántas horas?

Decidí probar con el menor tiempo posible.

–Son cuatro pases seguidos –dijo–. Desde las cuatro de la tarde hasta las doce de la noche, más o menos.

–Muy bien. ¿Para cuándo?

Consultó una agenda de páginas deformadas por una especie de antigua humedad. Me citó para el jueves. El jueves había un espacio libre.

–No olvide traer algo de comida –dijo–. O si no, bebida. Son pocas horas, pero no queremos que se deshidrate usted... –y volvió a reír musicalmente, con tres breves notas.

Me marché tan tranquilo y no volví a pensar en el asunto hasta el mismo jueves. Pero la noche de la víspera tuve una pesadilla. Soñé que estaba atado a una butaca, las manos temblorosas, contemplando una ventana con un rostro que no era mío. Yo me había hecho viejo contemplando aquella ventana inexistente, porque en realidad estaba pintada, y todos sus paisajes eran fantasmas que yo proyectaba sobre ella. De mis ojos partía un hielo lineal, un tubo fluorescente tan fino como las pupilas, y la pantalla se manchaba de mi propia luz y era imposible no verla, porque los párpados eran otra pantalla, y sobre ellos volvían a golpear las imágenes como una llovizna de rocío.

A la noche siguiente –jueves–, después de más de ocho horas seguidas encerrado en una pequeña sala de apenas diez o quince butacas y contemplando la misma película, salí mareado hacia la noche, poseído por un ligero vértigo, un malestar semejante a la náusea que deparan algunas atracciones de feria como la noria, y decidí dar un paseo antes de regresar a casa. Un paseo por mis queridas calles del centro, aguardando algún acontecimiento, con el ánimo abocado al hallazgo, al prodigio, con la disposición con que cualquier apóstol se dirigiría cada mañana a casa del Nazareno, entre milagros, acostumbrado a lo imposible.

Fue entonces cuando encontré la puerta, entre un comercio y un bar, cerca de la glorieta de Bilbao.

Había estado recorriendo todas las calles simbólicas
–Pez, Madera, Luna, Barco, Ballesta, Tesoro– casi sin voluntad, o con una voluntad que no era mía pero tampoco
de nadie más: como si el centro de Madrid se inclinara de
un lado a otro y yo siguiera la pendiente recién creada y
cada vez mayor hasta que una inclinación opuesta me de-
tenía y me impulsaba hacia el recorrido inverso. Luna,
Madera, Pez... No hice nada salvo caminar. Avanzaba con
cierto asombro, como si pudiera verme a mí mismo des-
plazándome por una laberíntica maqueta de las calles.
Recuerdo haberme situado frente a una boca de metro en
Tribunal y contemplado su oscuridad, ya clausurada por
unos dientes de jaula, que me arrojaba todo el aliento de
Madrid, ese aliento mágico y casi perverso de hierro caliente. Pez, Madera, Luna... Y recuerdo haber pasado por
Desengaño, donde se muestran las putas churrigueres-
cas, las falsas putas de oropel, viejas y destellantes; y por
el tramo de Barco, donde navegan las otras razas –hechi-
ceros africanos, magos árabes– y naufragan yonkis que
brillan de acero negro como sus motos y sus navajas, y
donde el aire huele a comida y a ron y los contenedores
guardan casas enteras trituradas: sillas torcidas, cocinas
herrumbrosas, incluso casetas de perro. Recuerdo haber
caminado hacia San Ildefonso, con sus angostas aceras
pintadas de vómitos y heces, pero a su vez listadas de colores bellísimos –puertas abiertas de pubs–: morado neón,
azul eléctrico, rojo láser, verde escenario, una cebra multicolor, una alfombra de gemas arrojadas al asfalto. Madera, Luna, Estrella, Barco, Tesoro, Ballesta, Desengaño,
Cruz: cada calle era una carta distinta de un tarot particular, y cuando mis pasos escogían una u otra por azar,
era como si un adivino me las mostrara en la oscuridad y
pronosticara mi destino con ellas.

Hallé la puerta en Divino Pastor, una callejuela perpendicular a San Andrés que desemboca en Fuencarral, como Malasaña. La luna –bella, blanquinegra y muda como una vieja gloria del cine– y la ciudad la iluminaban. Era pequeña, de hierro fruncido y oxidado, un rectángulo metálico que ocultaba, quizá, una polvorienta cochera. Una señal de prohibido aparcar y unos números negros estaban clavados en el ángulo superior derecho. Se hallaba sitiada por botellas vacías y papeles arrugados y colocada entre un comercio –una mercería diminuta– y un bar, entre una pared transformada en un sueño de aerosol negro y otra con la mirada de una mujer –actriz o cantante–, pero sólo los ojos, el resto de la cara arrancado: un cartel del que sólo quedaba una preciosa mirada sin semblante, como si la pared fuese mujer y aquéllos fueran sus ojos.

Al principio no sabía por qué me llamaba tanto la atención la vieja puerta de cochera. Pero entonces caí en la cuenta: «¡Ah, en la película hay una escena que se desarrolla en una vieja cochera!». Volví a ver a la agente Clarice Starling, del efe, be, i, tan linda y menuda ella, arrastrándose por debajo de una puerta oxidada, armada con una linterna, a punto de descubrir una cabeza metida en un frasco en el interior de un viejo coche. «¡Ah, Clarice Starling! ¡Clarice Starling!»

Hice algo sorprendente: ¡me agaché para examinarla! ¡Yo! ¡Me agaché! ¡De verdad, en plena calle, casi a la una de la madrugada: me arrodillé en la acera, sin que me importara mancharme los pantalones, y examiné la puerta! Descubrí que entre el borde inferior y el suelo... ¡había una hendidura! Parecía lo suficientemente grande como para que una persona se arrastrase hacia el interior. ¿Y qué había en su interior? Me agaché aún más. Soy muy alto y me costó trabajo. Me encorvé hasta casi introducir la cabeza por la abertura. Pensé: «Ahora se cerrará de golpe y me decapitará». Pero no ocurrió nada. Sólo percibí oscuridad: sin olores, sin humedad, sólo una densa oscuridad.

–¡Eh, oiga!

Era una voz autoritaria, de mujer, a mi espalda. ¡Me levanté de un salto! ¡Casi me golpeo la cabeza con la puerta!

Se trataba de una mujer policía, una municipal madura, robusta, con el pelo atado en un moño muy tirante, vistiendo el uniforme azul oscuro con la placa y la gorra. La acompañaba otro municipal que parecía más joven y mucho menos desabrido que ella. Ambos me observaban fijamente, con las manos en la espalda.

–¿Le ocurre algo? –dijo la mujer.

–No, nada. Se me cayó una cosa y me agaché a recogerla. Perdone.

«¿Me creerán? ¿No me creerán?», pensé. ¡Yo no me creería a mí mismo, desde luego! ¡Qué mal miento cuando quiero mentir! Aun así, se tragaron el cuento. La mujer se encogió de hombros y, tras consultar la mirada de su compañero, continuaron la ronda. Hube de reprimir un insólito acceso de risa. ¡Los había engañado! ¡Yo, Javier Verdaguer, había engañado a la policía de Madrid!

Sin embargo, no se marcharon del todo: se detuvieron en la esquina y se pusieron a charlar. De vez en cuando, volvían la cabeza para observarme. Parecíamos retarnos: ¿quién se marchará antes? Y un nuevo acontecimiento me llamó la atención. Por la acera de enfrente, cubierto de sombras, venía un hombre. Era mayor, probablemente un anciano, porque caminaba encorvado y con bastante lentitud. Pero lo que más me impresionó de aquel individuo fue que vestía un traje blanco y se cubría la cabeza con un sombrero también blanco. Caminó hasta el final de Divino Pastor en dirección a Juan Pujol, y, aunque lo seguí con la mirada hasta perderlo de vista en una esquina, en ningún momento pareció interesado en mi presencia. Sin embargo, su aparición me provocó un temor inexplicable.

No sé si fue miedo o sentido común, pero me alejé de allí lo más rápido que pude y regresé a casa. ¡Ya estaba bien de aventuras por aquella noche!

Al día siguiente, regresé a la oficina de la Filmoteca.

–Quiero una sesión de doce horas –dije.

Treinta

Veo cosas: ese ficus de hojalata verde, su color verde polvo o verde reluciente. Veo números: se desplazan de arriba abajo–emergen de la nada, van hacia ella–, 20.000.000, 38.000.000, cada cero es un problema o una satisfacción. Veo rostros: el de Roberto, inclinado ahora hacia mí. Veo rostros: la cara enrojecida, grande y falsa de la princesa que se contemplaba en el espejo grande y falso, ignorando que el espejo se contemplaba en ella con su personalidad, que es de cristalcristal. Dulce Laurita, Laurel del Desierto, duérmete ya, duérmete ya, que los angelitos tu sueño velarán. «Mírame al menos, Javier, por favor.» Tecleo, me interrumpo, elevo los ojos y logro el encuadre: el enorme rostro de Roberto, lunático, porque es redondo, grande y frío, y además muy blanco, en una esquina de la pantalla; en el centro, la mitad –casi– del plafón del techo, que está iluminado; a la izquierda, ángulo inferior izquierdo, la puerta acristalada que se abre y se cierra en silencio, sólo con aproximar el cuerpo; la mano derecha de Roberto irrumpiendo por sorpresa en el encuadre, distingo su anillo de oro, sus dedos gruesos, se rasca la sien, distingo el puño de la camisa azulada y el chispazo de un gemelo. «Tenía que decírtelo, no podía soportar más esta situación», la mano derecha en la frente, que es pequeña y se introduce en las líneas del pelo formando una abrupta convexidad. «Iba a llamarte a casa por teléfono, pero ya que has decidido seguir viniendo a la oficina te lo diré aquí mismo. Lo que hice el otro día fue una estupidez, Javier. Estoy avergonzado. Ahora lo que importa es evitar el sufrimiento, el tuyo y el de Andrea. Más que nada, lo que me interesa es que no le otorguéis al tema mayor trascendencia de la que tiene. Yo no soy un ligón. ¿Soy un ligón, yo? Ya me conoces: mucho de boquilla, pero...», la mano se retira, escapa, desaparece del encuadre. «No quiero nada con Andrea, pero tampoco deseo que le pase nada malo. Aquí me tienes, estoy atravesando una crisis sentimental, ¿lo sabías? Las cosas malas vienen juntas. ¡Te podrás creer, una crisis amorosa, a mi edad! ¡Tendríamos que estar vacunados contra ellas!», se ríe, otra vez serio. «Ana me ha abandonado. Bueno, nos hemos abandonado los dos. Estoy solo», se inclina, se acerca, me retiro un poco, gran angular sobre su rostro, cráteres de meteoritos, espacio curvo, ojo ensangrentado, parpadeo rubio, ceja con vida, caspa, el aliento con su risita, se retira otra vez, encuadre. «Tengo dinero, pero el dinero no puede comprar la compañía. Bueno, puede comprarla, pero no la compañía que busco», ojos fijos de repente, parpadeos, ojos fijos, pausa. «Te envidio, Javier, ¿puedes creerlo? Tienes una esposa magnífica, que te ama, y unos hijos estupendos, y seguro que Javi, ya lo verás, se pondrá bien...» La puerta ha hecho el mismo ruido que un fantasma al filtrarse por la pared. Encuadre: es el rostro romboidal, huesudo, de Ernesto, uno de nuestros agentes. «Ah, estás ocupado, Javier, perdona», lo dice muy rápido, como es usual en él, sus gafas enormes, de gruesa montura años sesenta, destellan como un coche lujoso, se retira, se va. «No sé qué te estaba diciendo.» Desciendo los ojos: encuadre de su pañuelo sobresaliendo del bolsillo. Veo cosas: ese pañuelo, los bordes afilados, a la antigua, en tres puntas florecientes. «¿Y tú? ¿No tienes nada que decirme?»

De niño solía jugar a esto: cerraba un ojo –el izquierdo– y con el derecho abierto me dedicaba a proyectar mis dedos, de repente gigantescos, sobre las cosas –un conocido truco del cine: la ilusión óptica de la profundidad de campo–: tocaba las copas de los cipreses con la yema del índice como si fueran puntas de lápices muy afilados, o dejaba caer la mano entera sobre el techo de un edificio y mis dedos delgados palpaban las ventanas, los rostros asomados, las punzantes antenas de televisión, o bien eclipsaba la luna con el pulgar, o colocaba el sol sobre el horizonte de mi índice extendido, o atrapaba una estrella con la delicadeza de coger una pizca de purpurina para el Belén.

En ese instante, mientras Roberto me habla, se me ocurre probar de nuevo aquel juego infantil.

«¿Qué haces?»

Cierro un ojo –el izquierdo– y elevo el dedo pulgar derecho hacia su rostro, pero sin apartarlo demasiado del mío: su cara desaparece.

«¿Qué haces? ¿Qué estás haciendo?»

Desaparece su cara y su voz es un ruido que emerge de la uña de mi pulgar.

«Javier, ¿estás loco? ¿Qué estás mirando?»

Muevo mi enorme pulgar sobre la pequeña imagen de Roberto.

Treinta y uno

No volví a ver a Alfred. ¡Se había ido! ¡Para siempre! Cuando lo visité, después de una sesión de doce horas de cine que había comenzado a la una de la madrugada y terminado a las doce del mediodía, me abrió la puerta Gemma. El apartamento estaba ordenado y limpio. El póster de Charlot había desaparecido. Gemma me dijo que Alfred se había pirado.

–No tenía más remedio que suceder –explicó–. Ocurrió hace dos noches. Por la tarde se hallaba peor que nunca, y no exagero: apenas podía hablarle sin que me gritara. Cuando le sugerí que viéramos a un médico, se excitó aún más y ni siquiera dejó que me acercara a él. Me dijo que le había traicionado, que lo había denunciado a los hombres de blanco, yo qué sé... Pero creo que lo dijo para hacerme daño, no porque lo pensara realmente. Lo dejé solo, claro. Era imposible contenerle, incluso soportarle cerca. Me marché y estuve dando vueltas como una idiota por los alrededores. Por fin me metí en un pub, como hicimos aquella otra noche, pero esta vez me ventilé dos cubatas que me dejaron tonta aunque mucho más tranquila. Quise visitar a mi amiga, la que vive en Hortaleza, pero había bebido demasiado y no deseaba terminar la noche comportándome como Alfred, así que me armé de paciencia y regresé pensando que su ración de pastillas ya le habría hecho efecto y estaría dormido. Pero qué va: seguía en el suelo todavía, mirando hacia el techo con un interés tan grande que yo también tuve que mirar, aunque, desde luego, no vi lo que se supone que él estaba viendo. Le dije: "Alfred", pero no me contestó. Había armado un estropicio en la habitación, pero en ese momento parecía tan inocente como cualquiera de las cosas rotas que había por el suelo. Yo estaba acostumbrada a estas crisis, que él llamaba «ataques de muerte», creo que con razón. Era como si se muriera de vez en cuando, sin previo aviso, bruscamente, y armara un cirio espantoso para después volver a resucitar, aunque le costaba un gran trabajo recuperarse por completo. Esa noche miraba al techo, y también al cuadro de Charlot, y ponía los ojos en blanco y después otra vez las pupilas, y otra vez en blanco, y así, como si los ojos le giraran dentro a una velocidad constante como los dibujitos de las máquinas de juego: coincidían las dos pupilas, coincidían los espacios blancos y otra vez las pupilas. Le dije, por último: "Alfred, voy a quedarme aquí, contigo, por si me necesitas. Pero ahora me voy a la cama", y él ni siquiera me miró. Había sobre la mesa dos cartones plateados de pastillas para dormir, vacíos. Me asusté, porque no suele tomar tantas de golpe, y pensé en llamar a alguien, a la policía o a la ambulancia, y creo que escuchó mis pensamientos porque en ese instante sí me habló. Y me dijo esto: "Gemma, tengo visiones". Yo le dije: "Siempre las tienes". Él me dijo: "Las de hoy son muy fuertes. Ayúdame". Sentí un poco de pena, pero no podía dejar de pensar en lo que estaba haciendo con su vida. Así que le dije, simplemente: "¿Que te ayude a qué? ¿A morirte? ¿A pagarte otra sesión de setenta y dos horas de cine?". "A traspasar", dijo con mucha sencillez. Volvió a leerme los pensamientos, porque añadió, casi sin detenerse: "Esta vez va en serio. Tengo demasiadas visiones. Ni las pastillas me sirven. Voy a irme pronto. Con Charlot. Me voy a ir con Charlot". Yo seguí de pie, sin acercarme, no porque me diera miedo, no porque no quisiera ayudarle, pero creo que los cubatas me habían dejado también un poco anestesiada y no podía dejar de pensar que éramos dos borrachos, uno de alcohol, otro de cine y pastillas, diciendo chorradas. Así que seguí de pie, sin acercarme, y le dije: "Pues vete. ¿No era eso lo que querías? ¡Vete con Charlot y déjame en paz!". Y lo dejé solo en esta habitación y me acosté. Pensé que no iba a poder dormirme, pero fue caer en la cama y quedarme sopa al instante.

»Tuve un sueño muy raro que no logré recordar después. Lo que sí recuerdo es que me despertó el sonido de una música en plena noche. Era una especie de escala rápida de piano, un ritmo acelerado, como las melodías que acompañan a veces a las escenas de persecución en las películas mudas, pero muy breve. Me desperté por completo con ese ruido, dando un salto, y fue despertarme y comprobar que todo había sido producto del mismo sueño, porque ya sólo escuchaba el ruido del tráfico, algún ronquido filtrado a través de las paredes, los pasos de algún vecino, lo típico. Pero tuve un presentimiento, me levanté a oscuras y vine aquí, para ver si Alfred dormía. Y ya no estaba. Al principio no lo creí: quiero decir que al principio parecía que sí estaba, porque todo lo demás estaba salvo él, como si se hubiera levantado y se hubiera ido sin modificar ni una sola cosa, sin recoger un libro, sin cambiar de sitio un cojín, no sé... Era la misma escena con Alfred pero sin él. Y como el suelo estaba oscuro –yo no había encendido la luz–, me pareció ver su sombra aún recostada, y dije, tontamente: "Alfred". Y entonces me fijé en lo que sí faltaba del todo: el gran cuadro de Charlot, el que había comprado en una de las tiendas de la calle Luna. Al ver que aquel cuadro ya no estaba, supe que Alfred se había marchado. Y encendí la luz y, en efecto, descubrí que Alfred y el cuadro habían desaparecido. Desde entonces no he vuelto a verlos.

Carraspeó al final, como si necesitara aclararse la voz para no usarla, para guardar silencio. El sol brillaba en la ventana. Pensé en Alfred durante aquella pausa –era natural que lo hiciese–, pero, por extraño que pueda parecer, no pude hallarlo: era como si ya no perteneciera a la realidad de los recuerdos, como si careciera de entidad incluso para ser considerado como una experiencia remota. Alfred tampoco estaba ya en mis pensamientos. No pude concebir haberle visto algún día, derrumbado en el suelo, entre los escombros de las cosas, con los ojos muy abiertos o muy cerrados, contemplando el cuadro donde Charlot estaba sin estar y creando paradojas con las palabras y los gestos. «Alfred no estaba» significaba «Alfred no había estado nunca». Pensé que su ausencia era tan intensamente fuerte que corroía también su presencia anterior. Ella me lo demostraba: miraba tranquila tras la gasa tenue del último cigarrillo que había encendido –llevaba dos cigarrillos desde que yo había llegado–, expeliendo el humo con esa indiferencia absoluta con la que algunos adultos intentan demostrar aún que saben fumar y que tienen edad para hacerlo. Me pareció como si ella fuese de repente un cementerio, tranquilo, oscuro y sobrio, pero diariamente ajetreado por la tarea de seguir enterrando cosas muertas. Gemma no deseaba vivir una nueva vida, sino la misma sin Alfred, una vida compuesta sólo de un larguísimo final. Ella ya vivía en el final.

–¿Dónde crees que se ha ido? –dije.

Esperaba esa pregunta, sin duda, porque respondió de inmediato.

–No lo sé, ni me importa –expulsó el humo en una sola, violenta espiración–. Probablemente al cine –sonrió.

Y presionó la cabeza encendida del cigarrillo contra un cenicero de metal azul torturado por quemaduras viejas, y lo hizo como si sellara un documento, como si derramara lacre caliente sobre una carta y la cerrara y ya no pudiera leerla más. Apagó el cigarrillo y soltó el humo, el último humo de aquel cigarrillo, con una exhalación lenta pero constante, como para asegurarse de que no quedaría nada dentro de ella que le recordase que había fumado.

De pronto observé algo que hasta aquel momento me había llamado muy poco la atención: la grisácea simetría del saloncito. Contemplé los libros de pastas grises bien colocados en la estantería, los cojines grises dispuestos pulcramente sobre el diván, la ausencia del gran cuadro en la pared desnuda y gris. Una intensa luz de mediodía lo cubría todo, rebosando en el cristal y avanzando por el suelo en lentas oleadas. Gemma, de pie junto a la ventana, quedaba envuelta por el resplandor. Apenas si podía distinguir su vestido gris entre los haces de luz cegadora que la rodeaban. Ya no había sonidos: ni borrachos, ni relámpagos, ni vecindario, ni pájaros en los árboles, ni juegos de niños. Sólo estaba Gemma, destellante como su nombre, tan blanca como el corazón que llevaba tatuado en el brazo, tan gris como el decorado que la rodeaba.

–¿Qué te ocurre? –preguntó–. ¿Por qué me miras así?

Sin responderle, me marché de aquella casa gris tambaleándome, parpadeando bajo los furiosos rayos del cenit, buscando la acogedora blanquinegrura del cine.

Treinta y dos

Si se entrecierran los ojos, las pestañas de ambos bordes casi rozándose, cualquier luz eléctrica lejana –la de las calles, por ejemplo– se convierte en un rayo compacto que se proyecta sobre uno mismo. Es otro juego que aprendí de niño y que, sin embargo, jamás enseñé a Javi, uno de esos secretos que nunca se confiesan, quizás porque son demasiado íntimos, pero sobre todo inútiles. Sin embargo, aunque entrecierro los ojos ahora, las luces blancas del pasillo no me disparan flechas suaves. Los fluorescentes de la habitación de Javi en el hospital tampoco forman carámbanos de luz congelados en oblicuo: la luz blanca que emana de ellos no se proyecta, resplandece por igual en todos los rincones. Yo estoy sentado fuera, observando. Hay un ajetreo de cuerpos tras el cristal rectangular, pero no desprenden sonidos, porque el sonido no llega al cuarto de Javi, sólo rayos de luz. No obstante, las figuras entran y salen de su cuarto y suenan en el pasillo. «Avisa al doctor Fortes rápido.» Sonidos entrelazados que no logro relacionar entre sí porque estoy contemplando las luces. Mi mirada las rodea tercamente, como un insecto diminuto. «Un ataque.»

«Avisa al doctor Fortes rápido.» «¿Quién lleva a este niño?» «Avisa al doctor Fortes rápido, rápido.» «¿Qué le pasa a este niño?» «Ese señor de ahí es el padre.» «¿Es usted el padre? ¿Quiere marcharse un momento, por favor?»

El pasillo por el que ahora camino es un pasillo de luz, de ahí que pueda moverme con cierta soltura flotando sobre ella. Pero entrecierro los ojos casi hasta formar la mueca del sueño y no hallo proyecciones. De niño, cuando jugaba con los ojos y la mirada, cuando pensaba que el mundo era un enigma y las ilusiones ópticas me hacían reír de felicidad, creía con firmeza que estos lugares no eran buenos: no es buena la luz que no se proyecta –la del día, por ejemplo, que lo abarca todo–, o aquella que no forma dardos de oro, tampoco la del resplandor del desierto o la de la nieve pura. Es imposible soñar cuando el fulgor persiste, porque el fulgor daña los ojos.

El cuarto de Javi no se ve: han corrido las cortinas blancas. Veo hombres de blanco a través de la cortina, agitándola. «Rápido rápido rápido.» No cesan de entrar y salir hombres de blanco. Alguien me empuja. «Este señor es el padre.» «Rápido rápido rápido.» «Por favor, márchese un momento, señor.» Obedezco: regreso al pasillo y sigo caminando. Las sombras tras las cortinas me han recordado las palabras que Andrea me dijo ayer: «No puedo soportar tu silencio, tu ir y venir de fantasma. Si tienes algo que reprocharme, acaba de decírmelo, ¿no te parece? ¿Acaso ésta es tu forma de vengarte? ¿Te he hecho tanto daño? ¡Háblame! ¡Tu indiferencia me duele! ¡Me crucifica! ¡Tu forma de mirarme sin verme me deja más sola que si no estuvieras! ¿Qué hay en tu mirada, Javier? Tu mirada es oscura, tu rostro también... Desde hace días me parece como si toda tu persona se hubiera oscurecido. ¡No te vayas! ¡No podría soportarlo!».

Treinta y tres

Pero, ¡ah, qué aventura ésta...! ¡Vean qué aventura...! ¡Seguro que les interesa saber lo que me sucedió la otra noche! ¡Los detalles! ¡Los detalles me hicieron pensar que había elegido el camino correcto...!

Era sábado. Después de cuarenta y ocho horas ininterrumpidas de Clarice Starling y doctor Lecter, me dirigí a Divino Pastor desde San Bernardo. En Desengaño me detuvo una sombra con formas de mujer: su pelo era de un extravagante color limón y llevaba una chaqueta de lentejuelas verdes y un ceñidísimo pantalón rosado. Se plantó frente a mí y se abrió la chaqueta descubriendo un tórax falso de pechos enormes con el brillo de las máscaras de carnaval. Me dijo algo, pero no lo escuché. En su forma de mostrarse con la chaqueta abierta y los pechos de plástico advertí que no debía seguir avanzando en aquella dirección. Tomé entonces por Barco, apresurado, sin saber exactamente por qué caminaba tan rápido. Mi corazón, poco acostumbrado a los ejercicios, se desbocaba.

Pensaba en la traición de Gemma. ¿Habría avisado a los hombres de blanco? ¿Sería capaz de denunciarme también a mí? No veía por qué no: había traicionado a su compañero, así que era obvio que lo que pudiese ocurrirme a mí le resultara indiferente. Estos pensamientos me ponían nervioso: en todas partes presentía amenazas, cada esquina era una especie de desafío personal, las ventanas y puertas entreabiertas me parecían grandes ojos que me vigilaban. Los nervios me hicieron dar un largo rodeo antes de tomar por San Andrés, pese a que hasta entonces no había podido advertir ningún peligro real.

Las calles del centro se hallaban relativamente concurridas, como suele ocurrir los sábados por la noche. Pero no era tanto por la presencia de mucha gente como la de muchos ruidos: la ametralladora de las motos por las aceras estrechas, las fuertes risotadas de los grupos de jóvenes, el estruendo de la música en los pubs. Toda esta ordenada algarabía me tranquilizaba en parte: pensaba que los hombres de blanco no se atreverían a intervenir frente a tantos testigos; necesitaban soledad, como yo. Mientras me mantuviera junto a los demás, según creía, estaría a salvo.

Descubrí el otro detalle en un contenedor de metal en Ballesta: ¡la cabeza de un maniquí que sobresalía de un cúmulo piramidal de desperdicios como una persona enterrada hasta el cuello! Parecía de hombre, pero no tenía pelo. Desde lejos producía la impresión de un monstruo: un híbrido de cuerpo metálico y cabeza humana. Cuando me acerqué, la puerta de un pub adyacente se abrió con estrépito y un violento camino de luz morada iluminó el rostro del maniquí. Varios jóvenes salieron del local entre risas y empujones, arrastrando un fuerte olor a alcohol y a sitio cerrado. La puerta volvió a cerrarse, los jóvenes se dispersaron, la cabeza quedó otra vez envuelta en oscuridad –en mis ojos persistía como un regusto a relámpago–. La toqué. Estaba fría como las cosas muertas. Incluso en las tinieblas podía advertir sus inmóviles ojos bordeados de blanco, tan perfectos como los ojos de los actores, mirándome.

Cerca de San Andrés se arrastró hasta mis pies una bruma blancuzca y ligera como un gato pequeño. Me recordó las nieblas falsas de los decorados de ultratumba. Me llegaba hasta los tobillos pero se apartaba dócilmente, casi de forma asustadiza, a cada paso que daba, y volvía a cerrarse detrás de mí. Me pregunté de dónde vendría, pero entonces descubrí que la luz amarillenta de las farolas cercanas estaba rodeada de un halo de humedad que se movía lentamente. La visión me recordó el suave ballet de las partículas de polvo reveladas por la luz incidente del sol: ese momento inefable en que nuestros ojos descubren que no existe el vacío pues hasta el aire invisible se rellena de cosas sólidas. Deduje, por tanto, que la neblina que me rodeaba había estado allí siempre, aunque la mayoría del tiempo las condiciones de la luz la habían ocultado. La calle se hallaba vacía y brumosa. Las farolas, emergiendo de las paredes –algunas bombillas estropeadas–, semejaban faros de barco en una madrugada de alta mar. Me pareció una visión extrañamente emocionante de una calle del centro de Madrid. Incluso me detuve a gozar de aquella imagen misteriosa. Tenía la certeza absoluta de que se trataba de mi visión: no creía que nadie más lo advirtiera. Me preguntaba si aquél no sería uno de los signos a los que Alfred hacía referencia cuando decía que estaba a punto de «traspasar la ventana». Mis ojos descubrían sutilezas en el aire, formas distintas de contemplar los mismos objetos, iluminados ahora de manera diferente a la habitual. Caminé unos cuantos pasos más por aquel mundo nuevo.

Entonces percibí la música.

Una misteriosa banda sonora se acomodó al ritmo de mis pasos. Era una melodía llena de tensión. Pensé que, de haberme podido contemplar a mí mismo avanzando por aquella calle neblinosa con una música como aquélla de fondo, habría empezado a prepararme para el susto repentino, para la escena de horror que provoca crispación en la butaca y gritos entre el público. Pero lo más extraordinario era que no se trataba de música en realidad: el viento metal –clamores opacos, alarmantes pero lejanos– lo formaba el remoto estruendo de las bocinas de los coches que llegaba desde Recoletos; el paso coordinado de algunos transeúntes por las bocacalles engarzaba un ritmo sincopado de instrumentos de percusión; las corrientes de aire, tan comunes en el centro, inesperadas como atracos, semejaban violines en las notas más agudas vibrando de esquina a esquina. Mi sensación al comprobar todo esto fue como la que hubiera experimentado al discernir un complicado dibujo renacentista en las arenas de una playa observada a gran distancia. Pero, al mismo tiempo, como si yo formara parte de ese dibujo: por ejemplo, en el caso de un rostro humano, mi cuerpo sería una de las pupilas, y yo, que creía recorrer un gran trecho de un sitio a otro, me movería en realidad en círculo, encerrado en un iris transparente y unos párpados enormes.

Cuando llegué a Divino Pastor se hizo el silencio: ni tráfico, ni pasos, ni zigzagueos de brisa. La neblina me envolvía por completo, pero no había frío. Olía a fósforo y a otras sustancias químicas: me recordó el ambiente cargado que queda tras un espectáculo pirotécnico. Avancé por aquella calle turbia presintiendo que alguien me veía, pero sabiendo que ese alguien era yo. Yo estaba en algún

sitio viéndome caminar cautelosamente por la calle, envuelto en mi gabardina, difuminado por la niebla. Era
una sensación intensa de desdoblamiento, pero al mismo
tiempo natural, como si fuera inevitable.

Además, había otro detalle importante, casi filosófico:
existía una nueva forma de describir mis movimientos
que no se basaba en mi propio cuerpo desplazándose
sino en las imágenes que contemplaba. Quiero decir que
cuando entré en Divino Pastor empecé a darme cuenta de
que, al igual que podía afirmar que caminaba por la acera
de la derecha, era posible decir, con idéntica certeza, que
la acera de la derecha avanzaba hacia mí lentamente. Quizá piensen ustedes que se trata de una forma de hablar,
pero en aquel momento la diferencia entre ambas percep-
ciones me parecía no sólo importante sino trascendental... ¡y muy notoria! La sensación se intensificó cuando
advertí la puerta de la cochera a unos cuantos pasos delante de mí. Fue como si mis ojos llegasen a ella antes que
mi cuerpo.

Supe entonces que las cosas no existían sino en la me-
dida en que yo las veía. Descubrí que las distancias, las
formas y los movimientos dependían exclusivamente de
los ojos. Si esto siempre es válido en la vida cotidiana,
aquella noche inolvidable lo experimenté como una reve-
lación. Me sentí viviendo en mis ojos, incluso llegué a
creer que había descubierto la última clave del secreto de
Alfred y Lázaro, la pieza final del rompecabezas más
complejo de todos –la existencia–; pensé: «Claro, las cosas son sus imágenes, nada más; el mundo se disuelve en
luces que vuelven a traducirse en nuestros ojos; nosotros
contemplamos la química del mundo y le otorgamos
imágenes en nuestro interior, pero...». Tal pensamiento
me provocó raras sensaciones de ingravidez, como si me

hallara paseando por la Luna. Todo mi peso se encontraba en la mirada, que flotaba libremente sobre la niebla y las figuras, y podía elevarse, si así quería, hacia los trozos de cielo negro entre los tejados. De este modo creí comprender también la razón de que los ojos se hallen en las alturas del cuerpo, alzados sobre el resto del organismo, proyectados fuera de la cara como si desearan desprenderse de la piel y echar a volar como pájaros. Creí entender todo eso, pero de lo único que ahora estoy seguro es de que no lo razoné: fue un momento exquisito en que me invadieron certezas absolutas, y la ambigüedad y las dudas se eclipsaron por completo.

La puerta de la cochera se aproximaba ahora mucho más rápido: vi acercarse su dulce oscuridad con el alivio con que un niño cansado siente llegar el sueño a sus párpados.

Y descubrí el último detalle asombroso, el último destello revelador: yo tenía argumento. Yo había sido un hombre que había empezado en algún instante y que alguna vez finalizaría, pero, en el trayecto, mi historia tendría sentido, significaría algo y podría comprenderse al ser contemplada. ¡Dios mío, qué felicidad me invadió entonces! Mientras me abalanzaba hacia mi destino, cuando mis manos tocaban ya el metal herrumbroso de la vieja puerta, pensaba: «Los latidos de mi corazón son música, los ojos me proyectan, por primera vez soy consciente de mi propia narración, y me entiendo; soy cine».

La vida del hombre es cine.

He aquí el misterio del que hablaba Lázaro. Me había sucedido lo que él me había advertido: ya lo comprendía, pero no sabía explicarlo.

Treinta y cuatro

De niño inventé un juego con el llanto.

La lágrima cubre los ojos y anega la visión, hace de cristal –el dolor es una lente– y convierte en poliedros toda la imagen; la tristeza destroza lo que vemos, lo borra como una acuarela sobre la que cae la lluvia. Resulta hermoso jugar con ese efecto, reducir a esquirlas el espacio curvo que observamos, la pecera que abarcamos con los ojos abiertos, y desgranar las cosas hasta convertirlas en colores de cosas: ver un verde, un azul, un violeta, un dorado, no una silla, un cielo, una estatua. Tan hermosa es esa destrucción de la visión que se llora aún más al contemplarla.

Ahora juego con el llanto: veo blanco, rosa pálido, negro, azul cobalto. Juego con mi llanto. «¿Qué ha pasado, Javier?» El rostro de Andrea son miles de joyas desparramadas. Su pelo es un tesoro de ónices. «Llamaron a casa y me dijeron que viniera. ¿Qué ha pasado, Javier? ¿Qué ha pasado? ¿Qué ha pasado?» Las luces se quiebran en la figura blanca. Es bellísima la figura blanca que se acerca floreciente de colores a su alrededor. «¿Usted es la madre?», pregunta. «Qué ha pasado. Qué ha pasado. Qué ha pasado...» Nos rodean hombres de blanco que mi llanto deshace en flores, en muñecos de hielo denso. Una mano coge la mía y la aprieta. Las figuras son hermosas tras la cortina de lágrimas. «Sucedió de repente... No sintió nada...» La mano aprieta con mucha fuerza la mía. Es curioso: me ahoga un terrible dolor pero no puedo dejar de percibir belleza. El mundo a mi alrededor estalla en mil fragmentos de cristal.

«¿Nosotros somos insectos cuando lloramos, papá?» «No, nunca vemos lo que ellos ven. Pero cuando lloramos nos parecemos más a ellos.» «Pero yo, cuando lloro, me siento triste», dice Laurita. «También se llora de alegría.» «Sí, pero ahora estoy triste.» »Ahora hay que dormir.» Apago la luz de su cuarto y le doy las buenas noches. La casa es como una presencia quieta, escondida, insoportable. La casa es un silencio perfecto, conseguidísimo. Camino hacia el dormitorio, donde Andrea no duerme. Donde Andrea aguarda respirando. Me acuesto junto a su espalda y cierro los ojos.

Treinta y cinco

¡Ustedes no se esperan el final! ¿Creen que es trágico? ¡No! ¡Es feliz...! ¡Vean, si no...! ¡Vean...!

Desperté en la calle, recostado en la acera con la cabeza apoyada en la pared. Aún era de noche. Había un silencio profundo, un silencio que en la ciudad significa: «amanecer». Pero algunas luces estaban apagadas y me rodeaba una tenue tiniebla. Reconocí el lugar a pesar de todo: la calle Divino Pastor, junto a la puerta de cochera. ¿Qué había sucedido? Lo último que recordaba era haberme acercado a la puerta. Después vino la oscuridad. Ya no recordaba nada más.

Me levanté con dificultad. Me dolía todo el cuerpo. Miré a un lado y a otro y no vi a nadie: la calle estaba desierta pero absolutamente normal. No había ningún hombre de blanco vigilándome. No se percibían músicas extrañas ni neblinas inquietantes. Permanecí un rato reflexionando sobre lo que debía hacer a continuación, y entonces me agaché y espié la abertura de la puerta metálica. Pero mi esfuerzo resultó tan inútil como la vez anterior: sólo percibí oscuridad y la sucia superficie de la acera. Se trataba de la puerta metálica forzada de una vieja cochera. No había nada misterioso en ella...

¡Y entonces... mientras permanecía agachado... entonces... entonces...!

Treinta y seis

Hace una mañana radiante y el sol cruza las ventanas y estalla en las habitaciones con toda su potente blancura. Tanta luz significa que algo termina: así ocurre siempre.

Por la ventana del cuarto de Javi penetra también el rugido del sol, pero incluso con menos clemencia. Las paredes son tan blancas que parecen imposibles. La cama está hecha, es lisa y rígida. Las estanterías blancas se hallan vacías. Es una habitación inmaculada. Ni siquiera los espectros la tocan. Ayer escuché a alguien decir: «La vida eterna». Ahora lo pienso: aquí está la vida eterna; ésta es la vida eterna. Una habitación desnuda y cegadora de paredes blancas. La vida eterna. Así es la vida, Javier, hay que soportarla. Ahora, mientras recorro con la mirada el cuarto para siempre vacío de Javi, pienso: «Así es la vida, en efecto. La única vida. No hay otra».

Permanezco un instante más contemplando la luz blanca.

Treinta y siete

¡El final! ¡Ya! ¡Sorprendente! ¡Increíble! ¡Yo estaba agachado mirando la tenebrosa abertura de la puerta, y entonces...!

–¡Eh, oiga!

¡Igual que la otra noche! ¡La voz de una mujer! ¡A mi espalda!

Me levanté de inmediato –¡por poco no me golpeo la cabeza con la puerta!– pensando en la excusa que iba a ofrecer en esta ocasión... Pero la mujer que se hallaba frente a mí, de pie en la calle solitaria, no era una municipal.

Era joven, de pelo azabache, y no parecía policía. ¡Sin embargo, supe con absoluta seguridad que lo era, aunque no llevara uniforme! Vestía chaqueta oscura y pantalones claros. Permanecía muy seria e inmóvil, mirándome en la suave prenumbra del amanecer.

Entonces sonrió. Y unos leves pliegues se formaron en sus mejillas.

Índice

Fernando Quiñones

**La gran
temporada**

Relatos

L 5012

Publicados, traducidos o premiados en países que van
desde Argentina e Italia hasta Japón, los quince relatos
que integran LA GRAN TEMPORADA se mueven en
torno al mundo del toro y de la lidia, pero van mucho
más allá del oropel de la Fiesta para indagar en sus ful-
gores y penumbras: «aplausos, caireles y soles –nos dice
en el prólogo FERNANDO QUIÑONES– tampoco logran
conjurar las sombras, soledades, quiebras y, antes o después, el garantizado hundimiento de los hombres. Mayor-
mente situables en los años cincuenta, algunas de estas
historias eluden esos pesimismos o no caen del todo
en ellos.»

Arturo Ramoneda

Antología del cuento español, 2

L 5025

La ANTOLOGÍA DEL CUENTO ESPAÑOL, a cargo de
ARTURO RAMONEDA, se presenta dividida en dos
volúmenes, cada uno de ellos acompañado de una in-
troducción en la que se traza un preciso y completo
panorama de la trayectoria del género en el periodo
comprendido. Este segundo, que abarca los siglos XIX y
XX (hasta los años 60), recoge –precedidos en cada caso de una pequeña presentación clara y concisa que si-
túa al autor y la obra– uno o más relatos significativos
de los que escribieron figuras que van desde Larra o
Espronceda hasta Carmen Martín Gaite, Juan García
Hortelano o Juan Benet, pasando, entre otros, por Béc-
quer, Valera, Valle-Inclán, Baroja, Francisco Ayala, Ce-
la, Delibes o Aldecoa.

Lauro Olmo

Golfos de bien
y otros cuentos

L 5029

Si bien la figura de LAURO OLMO (1922-1994) suele aso-
ciarse más bien con el teatro, sobre todo a raíz de la importante carrera que iniciara en este terreno con La camisa en 1962, su actividad en el ámbito de la narrativa constituye una parte no menos imprescindible de una obra que
ha cosechado, entre otros, premios tan importantes como
el Nacional de Teatro y el Larra en 1962, el Premio Leopol-
do Alas (1955), el Antonio Machado (1986) o el Fastenrath
(1994). En GOLFOS DE BIEN Y OTROS CUENTOS –re-
copilación de sus mejores relatos prologada por Antonio
Fernández Insuela–, la visión de una realidad en la que lo
sórdido y amargo conviven con lo mágico y lo lírico apunta a reafirmar los valores positivos de la existencia (el
amor, la solidaridad, la tolerancia, la hombría de bien y la
rebeldía) y a defender lo natural frente a las convenciones
sociales basadas en la hipocresía y la falsedad.